KB117651

**영재를
만든
책 배달부**

영재를 만든 책 배달부

저자_ 김정호

1판 1쇄 발행_ 2011. 3. 15.
1판 2쇄 발행_ 2011. 5. 11.

발행처_ 김영사
발행인_ 박은주

등록번호_ 제406-2003-036호
등록일자_ 1979. 5. 17.

경기도 파주시 교하읍 문발리 출판단지 515-1 우편번호 413-756
마케팅부 031)955-3100, 편집부 031)955-3250, 팩시밀리 031)955-3111

값은 뒤표지에 있습니다.
ISBN 978-89-349-4812-4 03810

독자 의견 전화_ 031)955-3200
홈페이지_ www.gimmyoung.com
이메일_ bestbook@gimmyoung.com

좋은 독자가 좋은 책을 만듭니다.
김영사는 독자 여러분의 의견에 항상 귀 기울이고 있습니다.

15개국 언어 영재
재형 아빠의 감동 교육기

영재를 만든 책 배달부

/ 김정호 지음 /

추천사

책을 다 읽고 나니 마치 한 편의 아름다운 동화를 본 기분이 든다. 이제 갓 세상에 눈을 뜨기 시작한 어린아이지만 그 누구보다도 마음껏 공부하고 싶어 하는 재형이. 배움의 기회가 무너질 때마다 실망이 클 텐데 항상 의젓한 모습을 보이려 애쓰는 아이의 모습이 대견하기도 안쓰럽기도 했다. 이런 아이를 한껏 응원해 주고 싶지만 마음처럼 해주지 못하는 재형이 부모님의 애틋한 사랑은 마음을 아프게 했다. 능력이 있으면 국가와 사회 곳곳에서 아낌없이 지원해 주는 미국 땅의 나와 어떻게든 배우려고 하지만 방법을 찾기가 어려운 한국 땅의 재형이 현실은 너무나 달라보인다. 하지만 나와 우리 가족이 그랬던 것처럼 어려운 환경에서도 부모님이 아이 교육에 대한 열정을 놓지 않고 끊임없이 자식의 꿈을 북돋아 주는 한 기적은 일어날 수 있으리라 믿는다.

재형이와 같은 똑똑한 아이가 사회성을 갖추면서 자란다는 것은 매우 드문 일이면서 반가운 일이다. 이러한 사회성을 교육시키기 위해 재형이의 부모님이 특별히 기울인 노력은 아이에게 오로지 학업 성취도만 강조하는 많은 부모들에게 본보기가 되어야 하지 않을까 싶다.

부모가 자식에게 해 줄 수 있는 가장 큰 사랑은 항상 아이들과 교감하고, 그들의 꿈을 북돋아 주는 게 아닐까? 지금까지 재형이가 잘 성장한 이유는 똑똑한 머리 때문이 아니라 바로 이러한 재형이 부모님의 보살핌이 있었기 때문일 것이다. 이 책은 어려운 환경에서 아이를 키우는 이 땅의 수많은 부모님들이 당면하고 있는 문제를 재형이네 가족은 어떻게 헤쳐 나가는지 잘 보여준다. 그래서 두루뭉술한 자녀 교육법에서 볼 수 없는 감동과 희망을 찾을 수 있다. 이 책을 통해 아이들에 대한 올바른 사랑법이 많은 부모님들에게 전해지길 바란다. 또한 이 책이 재형이를 비롯해 똑똑하고 의지 있는 어린 학생들이 환경 때문에 꿈이 꺾이지 않도록 희망과 용기를 줄 수 있길 바란다.

2011년 3월

《가난하다고 꿈조차 가난할 수는 없다》 저자 김현근

종종 믿기지 않은 일들이 일어난다. 차비를 아끼기 위해 먼 거리도 걸어다니는 우리 가족이 제주도에서 2011년을 맞은 일이 그렇다. 한 달간의 여행 동안 잠꾸러기 재형이가 아침 일곱 시에 벌떡 일어나 스트레칭을 한 것도 놀랍기는 마찬가지다.

겨울방학 동안 아이들과 함께 제주도 여행을 계획했다는 선배 내외의 이야기를 처음 들었을 땐 그저 부럽기만 했다. 그런데 얼마 후 선배 내외에게서 다시 연락이 왔다. 숙박을 해결해 줄 수 있으니 함께 여행을 떠나자는 것이었다. 생각지도 못한 일이었고 여전히 부담되는 여행이었지만 아이들에게 멋진 경험이 될 수 있다는 욕심은 떠나질 않았다.

"우리도 갑시다."

무작정 말을 해 놓고는 곁에 있는 아내를 바라보았다. 아내가 씩 웃으며 고개를 끄덕였다. 당장 저가 항공 비행기 표를 샀다. 여전히 모자라는 경비는 밤마다 대리운전을 하여 모았다.

우리는 아이들이 더 많은 것을 보고 느낄 수 있도록 정보를 수집하고 일정을 짰다. 제주도에 도착한 후 아이들은 약속한 대로 일정을 잘 따라 주었다. 아침에 늦잠을 자는 일도 없었다. 늦게 일어나면 그날은 탐험에 참여할 수 없었기 때문이다.

2011년 1월 10일

오늘은 할 일을 빨리 끝내고 소인국 테마파크를 가려고 했는데 못 갔다. 갈수록 눈이 많이 내려서 도서관으로 갔다. 경훈이 형이랑 나는 도서관에서 집으로 걸어갔다. 볼거리가 많아서 좋았다. 자판기 밑에 동전이 있는지 보기도 했다. 다음에도 도서관에 가면 걸어서 숙소까지 올 생각이다.

가는 도중에 너무 배가 고파서 마트에 들어가 시식 코너에 놓여 있는 빵을 한 움큼씩 먹기도 했다. CCTV에 찍히면 안 되는데 진짜 걱정된다. 내리막길에서 큰 돌에 발이 걸려 조금 굴렀다. 그래서 멍든 것 같다. 진짜 아프다.

묶어 놓은 개들과 놀다 날이 어둑어둑해져 서둘러 숙소로 돌아갔다. 참 재미있는 하루라고 생각한다. 계속 우리끼리만 움직이면 좋겠다고 생각했다. 다음에도 이런 기회가 계속 있었으면 좋겠다.

아이들은 지도를 펼쳐 놓고 그날은 어디에서 보낼지 정했다. 그런 다음 배낭에 물과 주먹밥을 넣고 교통비만 가지고 목적지로 향했다. 목적지에 도착했다는 인증샷과 도착한 곳의 정보 수집력에 상금을 걸기도 했다. 아이들 모두 상금을 받기 위해 메모를 하고 달달 외웠다. 그리고 밤마다 그날 일을 이야기하며 즐거워했다.

2011년 1월 4일

여기는 제주도 서귀포.

처음 와봤는데 섬이 정말 크다. 배를 타고 들어왔는데 배가 울렁울렁 거려서 재미가 있었다. 엄마 아빠가 5만 원을 주시면서 일주일 생활비라고 했다. 남은 돈은 다 우리 용돈이라고 했다. 나는 누나한테 3만 원만 쓰고 2만 원은 우리가 가지자고 했다. 그런데 오늘 마트에서 벌써 3만 원을 써 버렸다. 조금밖에 안 샀는데 말이야.

아, 생활비가 부족할 것 같다. 어떻게 살지. 쩝쩝.

아이들에게 경비를 맡겨 돈의 소중함도 알게 했다. 아이들이 식단을 짜고 장을 보면 그걸 가지고 음식을 만들어주었다. 생활하는데 얼마나 많은 돈이 드는지 알게 된 지연이와 재형이가 부모의 마음을 이해하기 시작했다. 물가가 비싸다는 생각이 들자 어떤 날은 아이들이 추운 바닷가에서 저녁 찬거리로 조개를 잡아왔다.

누가 뭐라 해도 가장 믿기지 않은 일은 재형이를 낳은 일이다. 나는 다른 아버지들처럼 그냥 아이를 낳았을 뿐인데 그 아이는 유난히 호기심이 많았다. 남들은 영재라고 해서 '참 좋으시겠네요.'라고 말하지만 나의 책임감과 부담감은 다른 아버지들과 다르지 않다. 재형이가 영재 판정을 받은 날 처음에는 너무 기쁜 마음에 가문의 영광이라고까지 생각했다. 하지만 기쁨은 잠시, 취학 전부터 영어로 일기를 쓰고, 생일 선물로《기하학원론》13권짜리 세트를 사 달라고 하는 아이를 어떻게 키워야 할지 당황스러웠다. 우리 부부는 대학 근처도 가보지 못했다. 아이의 능력에 맞게 사교육을 시켜야 했지만 그럴 만한 경제적 여유가 없었다. 마치 진공청소기처럼 하루하루 새로운 지식을 흡수하려는 아이를 어떻게 돌보아야 할지 당혹스러운 날들이었다.

처음에는 무조건 책이 많은 서점으로 아이를 데리고 갔다. 재형이는 다양한 분야의 책을 통해 스스로 어학을 깨쳐 원서를 읽었다. 마치 배춧잎을 갉아먹는 꼬마 애벌레를 보는 기분이었다. 재형이는 책을 통해 얻은 지식을 가지고 꿈을 키우고, 점차 도전을 즐길 줄 알게 되었다. 외국어 말하기 대회에 참가했고 공부만 하는 아이들이 체력이 약하다는 편견을 깨고 마라톤에서 좋은 기록을 세웠다.

생각이 있어도 말할 준비가 안 되면 입을 열지 않는 아이, 원하는 게 있어도 참을 줄 아는 아이. 나는 그런 재형이를 보며 가난한 아빠인 내가 해줄 수 있는 부분에 대해 많이 고민해 왔다. 그리고 아이에게 더 나은 공부 환경을 만들어 주기 위해 나름 최선을 다했다. 나뿐 아니라 가족 모두 아이의 재능을 소중히 여기고 있다. 재형이는 그런 가족들의 마음을 잘 헤아리면서 성장하고 있다. 이 책은 나와 내 가족들이 하루하루 꾸려 가는 삶의 이야기다. 그 속에서 영재라고 불리는 재형이가 어떻게 공부하고 생활하는지, 애벌레에서 어떤 나비를 꿈꾸는지 들여다 볼 수 있는 작고 소소한 일상의 기록이다.

세상의 모든 아이들은 천재의 가능성을 가지고 왔다가 각기 다른 환경에 의해 꿈이 좌절되기도 하고 열매를 맺기도 하며 성장한다는 생각이 든다.

다행히 나는 어린 날 성실한 부모님께 쉽게 좌절하지 않는 자립심을 물려받았다. 나는 내 아이들도 독립적으로 자라기를 희망한다. 아이를 좀 더 풍요로운 환경에서 키울 수 없다는 사실에 수없이 좌절도 했지만, 이제 나는 그런 것에 연연하지 않기로 했다. 아이를 훈육할 때 무엇보다 '아름다운 꿈과 지치지 않는 용기'를 주는 것이 세상에서 가장 큰 선물이라는 것을 알게 되었기 때문이다.

여행 내내 모험을 즐기고 위기가 왔을 때 적절하게 대응하는 아이들 모습이 마냥 대견했다. 이번 겨울 재형이는 몸과 마음이 몰라보게 자랐다. 비슷한 실력을 가진 친구들이 네모반듯한 교실에 앉아 영어와 수학을 푸는 동안, 폭설이 내린 아름다운 자연에서 두꺼운 책에서 얻지 못하는 소중한 삶을 체험했기 때문이다.

아이의 교육 문제에 있어 누구나 고민을 겪는다. 나는 이때마다 초심을 잃지 않으려 노력한다. 말이 아닌 행동으로 실천하는 아빠라고 영원히 아이들에게 기억되고 싶다.

끝으로 이 책을 제안해준 현근이 아버지 김형우 선생님과 하고 싶은 말을 제대로 풀어내지 못해 고민했을 때 적절한 인터뷰로 원고 집필에 큰 도움을 준 엄진옥 작가님, 출간을 위해 애써준 김영사 편집부에 고마운 마음을 전한다. 지금까지 재형이와 우리 가족에게 정성어린 마음을 베풀어주신 모든 이웃들에게도 감사의 마음을 전한다.

2011년 대전 3월 월평동에서
재형이 아빠 김정호

차례

일러두기: 본문 속 재형이의 일기는 문법·맞춤법 등의 교정을 거치지 않고 원문을 실었다.

PART1

나는 내 아이가 영재인 줄 몰랐다. 그저 다른 아이들보다 조금 일찍 책을 읽고 말을 하는 것뿐이라고, 또래 남자아이들이 장난감 자동차를 가지고 놀듯 책을 가지고 노는 것뿐이라고 여겼다. 그런데 어느 날 재형이가 서점에서 외국어로 된 원서를 술술 읽자 사람들이 눈이 휘둥그레지면서 재형이를 '영재'라고 불렀다. 그날부터 난데없이 영재를 키우는 아빠로서 고민이 시작되었다.

15개국
언어를
하는아이

재형이,
15개국 언어를
만나다

사건은 갑작스럽게 시작되었다. 늦더위가 밀어닥친 단칸방에서 우리 네 식구는 선풍기 한 대에 의지해 열을 식히고 있었다. 뱃속에 셋째아이가 있어서인지 아내는 더 힘들어 보였다. 나는 더위를 타는 아이들과 아내에게 강약 조절을 해 가며 부채질을 하면서 옛날이야기를 들려주었다.(우리 부부는 전래동화에 약간씩 변화를 주며 아이들에게 이야기를 만들어 주곤 하는데 그때마다 아이들 반응이 매우 열렬하다.)

한참 즐거운 시간을 보내고 있는데 전화벨이 울렸다.

"안녕하세요. 재형이네 집이지요? 서점 직원이 저희 방송국에 제보를 해 왔습니다. 여섯 살 재형이가 외국어를 아주 잘한다고요."

방송국에서 재형이를 취재하고 싶다는 내용이었다. 나는 가슴이 철렁했다. 재형이가 영재인지 아닌지 확인도 안 해 본 상황에서 방송에 나갔다가 아이는 물론 우리 가족 모두 실망하면 어쩌나 싶었다. 게다가 난 그때까지 또래 아이들이 장난감에 빠져 있을 때 재형이는 외국어에 빠져 있는 거라고만 생각했다. 보통 사내아이라면 장난감 총을 갖고 놀지만 내 아들은 조금 특이해서 일본어 책을 들추어 본다는 정도로 인식한 것이다.

아무튼 이 전화 한 통을 시작으로 재형이는 신문과 방송에 '언어 신동'으로 소개되었다. 그리고 나는 이를 통해 재형이가 좀 더 폭 넓은 분야에 있는 사람들과 만나 더 많은 걸 배울 기회를 얻게 되기를 희망하게 되었다. 부모보다 월등히 높은 지식을 자진 재형이에게 해 줄 수 있는 게 그다지 많지 않았기 때문이다.

재형이 외국어를 혼자서 터득하다

"우리 재형이 뭘 읽느라 이렇게 조용할까?"

마른 빨래를 개키던 아내가 구석에서 미동도 않고 책을 응시하고 있는 재형이에게 말을 걸었다. 하지만 몇 번을 불러도 아이는 듣지 못했다. 간혹 입술을 오므리며 중얼거릴 뿐이었다. 하는 수 없이 아내가 다가가 아이 어깨를 가볍게 흔들었다.

"응, 엄마 왜요?"

"책 읽느라 엄마 목소리를 못 들었구나."

"네. 지금 러시아어를 익히고 있어요."

재형이는 20개월부터 집의 모든 책을 읽어 내기 시작했다. 순식간에 제 누나가 읽던 '한글나라'를 독파하고, 무게가 만만치 않은 과학 전집을 끌어 안고 고사리 같은 손으로 책장을 넘겼다. 그리고 더 많은 책을 읽고 싶다고 했다. 하지만 형편이 어려워 일일이 책을 장만해 줄 수가 없었다.

우리 부부는 주말에 서점에 가거나 그렇지 않은 날이면 작은 리어카를 끌고 동네 고물상을 찾았다. 고물상은 헐값에 수북한 책 더미를 장만할 수 있는 곳이다. 그도 신통치 않으면 하는 수 없이 집 앞에 내놓은 책을 수거 하러 집집마다 찾아 다녔다. 전공 서적과 다양한 종류의 잡지, 교과서, 동 화책, 운이 좋으면 원서를 구하는 날도 있었다. 집으로 돌아온 아내는 책에 쌓인 먼지를 털고 볕에 충분히 널어 두었다가 살균이 되면 아이 손에 쥐어 주었다.

어느 날인가 재형이가 폐지 가격에 들고 온 《처음 배우는 러시아어》를 읽고 있었다. 나중에 방송을 통해 알게 된 사실인데 재형이는 이 책을 통해 러시아어 원리를 닷새 만에 깨우쳤다고 한다.

"재형이가 책으로 읽을 수 있는 언어가 모두 몇 가지나 될까요?"

"글쎄요. 영어와 일본어, 중국어는 확인했는데 다른 언어까지 그 정도인 지는 모르겠어요."

피디의 물음에 난 그렇게밖에 대답할 수가 없었다.

피디가 큐 사인을 던지자 재형이는 촬영 감독과 스텝이 준비해 온 원서 를 한 권 한 권 읽기 시작했다. 재형이는 내 평생 한 번 들을까 말까 한 문 자를 술술 읽어내려 갔다. 현장에 있던 사람들 입에서 탄성이 흘러나왔다.

재형이가 읽을 수 있는 언어는 일본어, 중국어, 스페인어, 이탈리아어, 영어, 독일어, 러시아어, 베트남어, 미얀마어, 터키어, 이집트 상형문자, 로마어, 인도네시아어, 필리핀어, 크로아티아어, 네덜란드어였다.

"재형아, 재형이는 어떻게 그걸 또박또박 읽을 수 있어?"

사회자가 묻자 아이가 대답했다.

"그냥요. 책에 나와 있는 발음기호랑 철자 읽는 방법을 몇 번 읽어 보면 저절로 말하게 돼요."

모두 입을 다물고 말았다. 아이 스스로 발음기호와 이론을 통해 발음이 다 된다는데 어떤 질문으로 그 원리를 캐내겠는가?

아닌 게 아니라 재형이는 자기만의 방법으로 발음기호를 기억한 뒤 원서들을 읽어 내고 있었다. 서점에서 다양한 언어로 된 책을 찾아 읽으면서 외국어 실력이 빠르게 늘고 있었던 것이다. 집에서 더 이상 새로운 읽을거리를 찾을 수 없게 되면서 책을 읽으려는 욕망이 점점 더 커진 게 아닌가 한다. 호기심과 지적 욕구는 나날이 높아 가는데 만족할 만한 수준의 원서가 집에 없었으니 말이다.

처음에 재형이가 언어학자에게도 쉽지 않은 이집트 상형문자를 읽고 쓸 줄 안다고 했을 때 거짓말까지는 아니더라도 몹시 과장한 거라고 생각했다. 그런데 재형이가 배우지도 않은 상형문자의 알파벳 A부터 Z까지 해당되는 음가를 종이에 자신 있게 써내려 가는 것을 보고는 더 이상 의심할 수가 없었다. 취재 결과, 알파벳과 상형문자는 문자의 수가 다른데 재형이가 그 차이를 분명하게 알고 있다는 사실이 밝혀졌다.

재형이는 고대 상형문자의 원리가 무척 흥미롭다고 말했다. 학자들도 힘들어하는 그 원리를 어떻게 혼자서 다 이해했을까?

"《이집트 상형문자 읽는 법》이란 책을 보고 문자의 원리를 터득했어요."

재형이의 대답은 너무도 간단했다.

재형이는 자신이 좋아하는 문자를 먼저 쓴다. 상형문자 역시 마음에 드는 순으로 써 보인다. 원리를 정확히 이해하지 못하면 이모티콘에 불과할 상형문자를 재미있게 갖고 놀면서 일기 쓰기에도 응용한다.

방송 출연이 아니었다면 우리 부부는 재형이가 15개의 외국어를 안다는 사실을 영영 몰랐을 것이다. 게다가 교수님들은 재형이의 발음이 본토 발음이라고 했다. 그러면서 덧붙였다.

"재형이는 기억력이나 적용 능력, 문법 구조의 이해력, 표현력이 뛰어납니다."

발음은 자음과 모음으로 구성되는데, 보통 하나의 언어를 위해 자모음 체계를 익히는 데 많은 노력과 어려움이 따른다고 한다. 그런데 재형이는 자음과 모음을 분별하는 능력이 매우 뛰어나다는 것이다.

재형이가 어린 나이에 15개의 외국어를 마스터할 수 있었던 이유는 외국어를 공부할 때마다 자신 있게 큰 소리로 읽기 때문인 것 같다. 재형이는 늘 주위를 의식하지 않고 크고 분명한 발음으로 반복해서 책을 읽는다. 재형이가 큰 소리로 책을 읽을 때마다 우리 식구는 시끄럽다고 하지 않고 호응해 준다. 책 읽는 소리가 매우 우렁찬 날은 재형이가 그만큼 만족스러운 놀이를 하고 있다는 뜻이다.

재형이는 여섯 살 때부터 서점의 어학 코너에 책상다리를 하고 앉아 오랜 시간 동안 책을 보기 시작했다. 그때 처음 아이가 언어에 관심이 많다는 걸 알게 되었다. 나는 지금도 아이가 순수하게 문자 모양에 호기심을 갖게 되어 더더욱 책 읽기에 빠져든 것이라고 생각한다.

"아빠, 제가 책 읽어 드릴게요."

하루는 녀석이 한어병음을 다 외웠다며 책을 한 권 들고 왔다. 중국어 밑에 작은 글씨로 한글 발음이 적혀 있는 책이었다. 재형이는 발음을 가리고서 또박또박 읽었다.

"재형아, 이걸 다 어떻게 외웠니?"

나는 재형이가 그저 그 면에 나오는 발음을 모조리 외웠다고만 생각했다. 그러자 재형이가 대답했다.

"음, 그건 쉬워요. 모든 언어는 모음과 자음이 있는데, 그걸 외우고 합하면 읽을 수 있어요."

나는 몇 번이고 눈을 껌벅이며 재형이가 하는 대로 중국어 기본 발음을 외워서 결합시켜 보았다. 잘 되지 않았다. 나는 그저 '모국어에 익숙한 평범한' 아빠일 뿐이었다. 재형이처럼 새로운 언어 세계에 빠르게 진입하는 아이들이 많다면 지금처럼 어학원이 성행하지도 않았을 거라는 생각이 들었다.

아이는 그냥 눈으로 쭉 훑어보고 본문의 중국어를 시원시원하게 읽어내

려 갔다. 아이가 중국어에 열중하는 모습이 하도 신기해서 한번 알아나 보
자는 심정으로 중국어 학원을 찾아갔다. 아이는 중국인과 스스럼없이 인사
를 나누었다. 나는 어안이 벙벙했다. 아이를 테스트한 원장 역시 재형이의
실력을 인정했다. 하지만 나이가 어리기 때문에 회화 수업에는 참여할 수
없다고 했다. 나는 재형이가 어려운 강의도 잘 따라갈 거라고 말했다. 그러
자 원장이 말했다.

"그래서 안 된다는 겁니다. 아이가 너무 어려서 함께 수업을 듣는 학생들
이 상대적으로 박탈감을 느낄 수 있으니까요. 아쉽군요. 하지만 재형이의
실력은 아주 수준급입니다."

원장은 그 대신 첫째 지연이와 재형이의 일대일 수업을 추천했다. 하지
만 둘을 함께 학원에 보낼 만한 형편이 아니었다. 아이와 학원을 나오는데
마음이 착잡했다. 하지만 무엇보다 먼저 시무룩해진 아이를 달래야 했다.

"재형아, 지금까지 혼자서도 잘했잖아. 우리 재형이 좀 더 혼자 해 보렴.
곧 대화할 수 있는 친구를 찾을 수 있을 거야."

말은 이렇게 했지만 내 속은 타들어 가기 시작했다. 상대방과 소통하기
위해 있는 언어를 아이 혼자 끌어안고 언제까지 갈 수 있을까? 한계가 곧
드러날 것 같아 마음이 조급했다. 그날 밤 아이들을 재우고 아내와 옥상에
올라가 심호흡을 하며 방법을 찾기 시작했다.

다행히 며칠 후 인터넷에서 중국어 회화 동호회를 찾아냈고, 카페에 재
형이를 소개하는 글을 올렸다. 회원들의 열렬한 호기심과 환영 인사가 있
은 후 몇 번의 번개 모임에 참석해 얼굴을 익혔다. 하지만 어른들의 동호회

는 어디까지나 사교 모임일 뿐 꼬마에게 꾸준한 관심을 갖고 친구가 되어 마음을 열어 줄 사람이 없었다. 나는 더 허탈해졌다.

생각다 못 해 아이에게 중국어 카세트테이프를 사다 주었다. 상대와 언어로 주고받지는 못하지만, 원어민 목소리에 아이가 활짝 웃는 모습을 지켜보며 걱정했던 마음이 조금 누그러졌다.

재형이가 테이프로 강의를 들으면 곁에서 놀이를 유도했다.

"재형아, 원문을 바로바로 아빠에게 해석해 줄 수도 있니?"

"당연하죠."

재형이는 시키지 않아도 A4 용지를 앞에 두고 카세트의 버튼을 눌러 가며 듣고 해석하기를 반복했다. 한글을 중국어 문장으로 바꿔 써 보기도 했다. 교재가 있는 동안 아이와 함께 놀이로 중국어를 하며 시간을 보냈다.

이제 아이는 빛의 속도로 실력이 향상되어 중국어와 영어가 많이 섞인 과학서를 탐독한다. 나와 아내는 아이의 실력을 그날의 일기를 엿보며 짐작할 뿐이다.

2 0 0 7년 5월 2 4일

오늘은 대훈서적에 갔다. 하지만 히브리어가 없었다. 너무 슬펐다.

히브리어는 너무 어렵지만 꾹 참고 읽었었다.

그 대신 네덜란드어가 있어서 좋다.

(五.)

2007년 5월 24일 목요일		
일어난 시간	잠자는 시간	
시 분	시 분	

오늘은 대훈서 적에 갔다, 하지만
흐 브리어가 없었다, 너무슬펏다,
히브리어는 너무 어려우지만꾹 참고잇
엇다, 그대신 네덜란드어가있어서
좋다,

아빠,
궁금한 게 있어요!

화창한 주말 오후, 창으로 햇살이 들어오고 있었다. 내가 넷째 서준이를 재우는 동안 모처럼 갓난아기로부터 해방된 아내는 부엌에서 멸치로 육수를 내며 점심을 준비하는 중이었다. 엄마 보조로 나선 여섯 살 민주. 좁은 주방이지만 그 풍경이 그날따라 더 정감 있게 느껴졌다. 그때 화장실을 두고 첫째 지연이와 둘째 재형이가 작은 실랑이를 벌이기 시작했다.

"똑, 똑, 문 열어. 그만 하고 문 열어."

"알았어. 그만 두드려."

재형이가 화장실에 들어가서 몇 시간째 나오지 않는 모양이었다. 얼마 후 얼굴이 사과처럼 빨갛게 된 재형이가 손에 초시계를 든 채 살며시 문을 열었다. 욕실은 그야말로 전쟁터였다. 천장은 물론 벽, 바닥 여기저기 젖은 휴지가 붙어 있고, 물이 흥건한 바닥에 플라스틱 대야와 칫솔, 치약이 엉망으로 흩어져 있었다. 재형이는 온몸이 땀으로 범벅이 되어 있었다.

"이게 다 무슨 일이니?"

"씻으러 들어갔는데, 갑자기 무게와 속도의 관계를 측정하고 싶어지잖아요."

그래서 휴지에 물을 묻혀 있는 힘껏 천장에 던지는 실험을 두 시간도 넘게 했다는 것이다.

"아빠, 죄송해요. 누나, 미안. 이제 화장실 써. 그런데 누나, 화장지에 물이 묻은 정도와 힘에 따라 멀리 날아가는 정도가 다르다. 한번 볼래?"

지연이는 재형이의 진지한 호기심에 간혹 희생양이 되곤 한다. 이 날도 급한 볼일을 참으며 화장실 문고리를 잡고, 낮잠 자는 넷째동생을 염려해 작은 소리로 실랑이를 벌인 모양이었다. 그래도 역시 아이는 아이. 지연이는 재형이의 실험에 참가할 모양으로 소매를 걷어 올렸다. 그날 저녁 재형이는 일기장에 휴지 실험을 통해 얻은 속도와 무게를 가늠해 그래프 하나를 완성했다.

호기심이 많은 재형이는 화장실에 놓인 비누가 왜 미끈거리는지, 락스의 어떤 성분이 냄새와 살균력을 갖는지 등 모든 걸 알고 싶어 한다. 그래서 나름의 방식으로 많은 궁리와 실험을 거듭한다. 비단 화장실만이 아니다. 싱크대 배수관 모양과 냄새의 관계를 나보다 정확하게 설명할 정도로 사물을 관심 있게 관찰하고 책으로 확인한다.

화장실 천장에 붙은 휴지를 빗자루로 떼어내는데 나도 모르게 피식 웃음이 나왔다. 재형이는 궁금하면 참지 못하고 바로 알아내려고 한다. 처음에는 왜 이렇게 지저분하게 어질러 놓느냐며 혼을 냈다. 하지만 조금만 더 생각해 보면 아이에게는 전혀 잘못이 없었다. 그저 궁금해서 그러는 것뿐이었다. 어른이라면 하지 않을 질문을 던지는 재형이. 그래서 나와 아내는 아이가 상처 받고 행여 상상력에 제한을 받을까 염려해 혼내기보다 잘 타일러 이해를 시킨다.

"재형아, 다음부터는 뒤에 화장실을 사용할 사람을 생각해서, 미리 실험을 한다고 말해 주면 좋겠다."

"네, 그럴게요."

아이의 대답은 늘 짧고 경쾌하다.

호기심을 책으로 푸는 아이

재형이가 30개월이 되던 순간부터 지식적인 면에서 부모로서 해 줄 수 있는 부분이 더 이상 없었다. 17개월 때 한글을 읽기 시작해서 20개월 때부터 전문 서적을 읽는다는 사실을 아무도 믿지 않았다.

"아빠, 질문해 주세요."

재형이는 늘 자신이 읽던 중국어, 일어, 영어로 된 원서를 들고 와서 질문을 해 달라고 한다. 그렇게 자신이 읽는 내용을 제대로 알고 있는지 확인받고 싶어 한다. 전래동화책을 읽어 줄 때는 가능한 일이었지만, 더 이상 적극적으로 공을 받고 되던져 줄 수 없다는 걸 인정해야만 하던 순간, 아이에게 몹시 미안했다.

"재형아, 미안하다. 엄마와 아빠는 네게 알려 줄 만큼 많이 알지 못해. 대신 궁금한 게 생기면 전문가들이 만든 책을 보면서 함께 답을 찾아보자."

이렇게 해서 서점은 재형이의 궁금증을 해결해 주는 장소가 되었다.

부엌에서 식사 준비가 다 되었다는 아내의 신호가 떨어지면 나는 밥상을 펴고 아이들은 척척 수저와 젓가락을 챙긴다. 냉장고에서 김치와 밑반찬도 꺼내 온다. 넉넉한 살림은 아니지만 아이들은 주변 정리 등 자신이 해야 할 일을 알아서 한다. 부모가 일러 주는 규칙을 잘 따라 주는 모습이 기특하다. 아내 또한 아이들에게 인스턴트 음식을 먹이지 않겠다는 원칙을 지금까지 철저히 고수하고 있다.

우리 아이들에게 통닭과 피자는 1년에 한 번 큰 행사가 있을 때 먹을 수 있는 음식이다. 케이크는 생일이나 이모가 올 때만 먹을 수 있다. 그런데 네 아이 중 세 아이가 3월에 태어났다. 아이들에겐 불행이고 부모에겐 행운이 아닐 수 없다. 하루 날을 잡아 한꺼번에 생일 축하를 해 준다. 그래도 아이들은 감사한 마음으로 기뻐한다.

지금은 네 아이를 양육하느라 엄두도 못 내지만, 지연이와 재형이가 어릴 때는 비 오는 날 직접 밀가루를 밀어 칼국수를 하고, 동지가 되면 팥죽을 쑤었다. 아내는 이제 남편을 회사 보내고 네 아이를 건사하느라 반찬 만들 시간은커녕 방 청소나 빨래할 시간도 부족하다.

오랜만에 밥상에 둘러앉아 아이들과 후루룩 냠냠 소리를 내며 늦은 점심을 먹었다. 열 살이 된 재형이가 입가를 닦으며 말했다.

"저요, 엄마가 라면에 들어 있는 어떤 성분을 염려해서 우리에게 안 먹이는지 알게 되었어요."

초등학교에 다니는 재형이는 교실에서 친구들과 간식을 나눠 먹는다. 친구들이 집이나 가게에 들러 마련한 간식 대부분 우리 집에서는 구경조차 못 하는 것들이다. 특히 라면에 스프를 뿌려서 먹는 간식이 재미있었던 모양이다.

"L-글루타민산나트륨 때문이죠? 학자들이 이 화학조미료(MSG) 섭취를 경계하는 논문을 많이 냈어요. 당 성분이나 나트륨과 마찬가지로 장기 복용하면 몸에 이상 신호가 와요. 참, 책에서 MSG 추출하는 방법도 읽었어요. 알려 드릴까요?"

"그랬구나. 엄마는 자세히 몰랐는데 우리 재형이가 말해 주네. 우리 재형이 장하다. 이따 엄마가 설거지하는 동안 들려줄래?"

"네, 그럴게요."

아마 재형이는 친구들이 가져온 과자 봉지에서 성분을 읽고 이 성분은 뭐가 안 좋고 저 성분은 뭐가 안 좋다고 얘기해 주었을 것이다. 아이들은 마냥 신기해서 듣고 있다가 재형이를 점점 외계인 쳐다보듯 했을 것이고.

"아빠, 염려하지 마세요. 친구들이 이해하기 힘들어할 이야기는 안 해요."

이제는 자기 검열까지 해 가면서 친구들과 대화한다는 재형이. 재형이는 빈 그릇을 개수대에 넣고 식구 수만큼 컵을 챙겨 왔다.

재형이는 위아래 형제가 있고, 학교에서 또래를 만난다. 또 서점에서 어른들과 부딪치며 상황에 따라 어떻게 대처해야 하는지 제법 알고 있는 눈치다.

우리 부부는 잠자리에서 아이들에게 책을 읽어 준다. 지연이와 재형이가 어렸을 때 그림책을 읽어 주다가 꾸벅꾸벅 존 적이 있다. 그날은 낮에 배관 공사를 다녀온 터라 몸이 천근만근이었고, 아랫목은 따끈따끈했다.

"옛날, 옛날, 호랑이 담배 피우던 시절 이야기예요. 나무꾼이 산에 나무를 하러 갔어요."

"왜 호랑이가 담배를 피워요?"

"나무꾼 집은 어디에 있어요?"

재형이는 유아기 때부터 그림 하나에 두 문장이 전부인 한 면을 넘기기까지 질문을 열 번도 넘게 했다. 읽어 주는 내용과 그림이 일치하지 않는다 싶으면 하나하나 짚어 가며 따졌다. 그림에는 왜 나무꾼의 엄마, 아빠 집이 안 보이느냐, 밥은 먹었느냐, 호랑이와 어떻게 대화를 할 수 있느냐, 나무꾼 이름은 뭐냐……

그날은 결국 그림책 한 권을 두 시간째 읽어 주다가 그대로 코를 골고 말았다.

여전히 질문이 많지만, 이제 재형이는 누나와 서로 번갈아 동생에게 책을 읽어 주고, 챙겨 준다. 물론 자신이 원하는 책을 교재로 정해 읽어 준다. 그래서인지 활동적인 셋째아이는 언니와 그림일기 쓰는 걸 더 좋아하는 눈치다. 게다가 재형이가 자신이 좋아하는 분야, 특히 어려운 숫자와 그래프를 열정적으로 설명하기 때문이다. 재형이는 자신이 빠져 있는 주제, 새로 알게 된 사실을 가족에게 말해 주고, 나와 아내는 의무적으로 이야기가 끝날 때까지 주의 깊게 들어 준다.

아이들을 윽박지르지 않고 빨리 하라고 재촉하지 않겠다는 나름의 교육 원칙을 지키기 위해 성격 급한 아빠와 다혈질의 엄마는 성격을 개조해야만 했다. 아이들이 스승처럼 느껴지는 순간이 이럴 때다. 어린아이에게 책 한 권을 읽어 줘도 무작정 다음 면으로 넘기지 않고 알아듣게 차근차근 이해시켰다. 이 과정에서 우리는 다시 어른으로 거듭나고 있다는 생각이 들 정도로 인내심을 길렀다.

"도대체 아이를 어떻게 가르쳐서 저렇게 책을 좋아합니까? 비법 좀 알려 주세요."

회사 동료나 서점에서 만나는 분들이 간곡하게 물어 오는 그 비법. 그런데 우리에게는 비법이 없다. 먹고 살기 바빠 태교는 물론이고 어린이집에도 못 보냈다. 아이는 서점에 있는 책을 통해 스스로 질문에 마침표를 찍어 가고 있을 뿐이다. 그리고 아이의 질문에 속 시원히 대답해 줄 수 없는 나와 아내는 그 질문이 멈추지 않도록 격려해 줄 뿐이다.

"누나, 우리가 달고나 만들 때 국자 속 설탕에 하얀 가루 넣잖아. 그 팽창제 이름이 뭐지?"

"그야 소다지. 너 그것도 몰라?"

"아니야, 이름이 긴 화학 물질이었어. 선생님이 말씀해 주셨단 말이야."

어려서부터 고구마, 감자, 떡, 전을 간식으로 먹고 자란 우리 집 아이들은 과자를 그다지 좋아하지 않는다. 하지만 예외가 있었으니, 바로 아이스크림과 집에서 만들어 먹는 달고나다.

두 아이는 엎치락뒤치락해 가며 손때 묻은 백과사전을 넘겼다.

"찾았다. 탄산수소나트륨($NaHCO_2$)이다."

오늘도 아이들을 통해 또 한 가지를 배웠다. 소다라는 단순한 명칭이 그렇게 긴 화학기호를 가지고 있었다. 하지만 애들아, 맛있어도 달고나는 그만 먹어 다오. 제아무리 어려운 책을 즐겨 읽는 재형이도 치과라면 벌벌 떠는 보통 아이니 말이다.

재형이의 일기

2008년 1월 9일

읽은 책:《하나의 우주 "One Uneverse: At Home in the Cosmos"》
저자: 도널드 골드 스미스는 천체물리학자.
우주는 아직 진화하는 중이고, 우리 몸을 이루는 모든 원자는 우주 최초의 대폭발과 연결되어 있다. 140억 년이라는 시간이 우리의 공간과 어떻게 연결되는 걸까? 무슨 일이 있었던 건지 알고 싶다. 논문을 더 찾아야겠다.

세종대왕을
따라하다

"아빠, 재형이가 자꾸 내 일기 훔쳐봐요. 못 보게 해 주세요."

신문을 읽다가 고개를 돌려 보니 지연이가 책상에 엎드린 채 재형이가 일기를 훔쳐보지 못하게 필사적으로 막고 있었다.

누나가 그림일기를 쓰기 시작하면서 재형이는 손가락을 빨며 누나 근처를 빙빙 돌기 시작했다. 샘이 났던 모양이다. 결국 재형이에게 자기만의 일기장을 마련해 주었다. 크레파스와 그림일기장을 받던 날 재형이는 두 팔을 하늘로 뻗고는 좋아서 어쩔 줄 몰라 했다.

너만의 놀이터야

2 0 0 4 년 5 월 2 8 일

내가 빵을 먹고 싶은데 너무 늦어서 내일 먹어야 한다. 아~ 정말 빨리 먹
고 싶다.

재형이가 36개월 때 쓴 일기다. 재형이가 저녁을 먹고 양치질을 했는데,
이웃집에서 간식을 가져왔다. 어린아이인데도 밤이 늦었으니 내일 먹자는
엄마 말에 동의했고, 그걸 일기에 적어 놓은 것이다.

우리 집 아이들은 어려서부터 부모가 정한 원칙을 칭얼거림이나 어리광
없이 무조건 잘 따른다. 어려서부터 기른 참을성, 기다릴 줄 아는 성격이
책 읽기에서도 발휘되는 것 같다. 목차를 통해 자기가 알고 싶은 부분만 찾
아 읽기도 하지만, 보통은 끈기 있게 서론, 본론, 결론까지 책 한 권을 다
읽어 내니 말이다.

2 0 0 7 년 8 월 1 0 일

서점에 가려고 했는데 못 갔다. 왜냐하면 내가 엄마 말을 안 들었기 때문
이다.

2 0 0 7 년 11월 9일

오늘은 갔다. 대훈서적에 9시까지 있었다.

밤마다 온 가족이 그 짧은 일기를 돌려 읽는 기분, 경험하지 않으면 모른다. 아이들의 키가 훌쩍 자라는 것처럼 일기를 통해 아이들의 생각도 한 뼘씩 자라는 걸 똑똑히 지켜볼 수 있다. 그리고 아이들의 맑은 심리를 통해 자식에게 부끄럽지 않은 아버지가 되어야겠다고 새삼 다짐하게 된다.

하루는 재형이와 엎드려 일기를 읽다가 문득 한 가지 생각이 떠올랐다.

"재형아, 있었던 일을 날마다 기록하니까 계속 반복되는 내용이 있다. 여기에 네가 느낀 걸 쓰면 어떨까?"

"제가 느낀 거요?"

"응, 기쁜 것도 좋고, 슬픈 것도 좋아. 또 하고 싶은 이야기나 앞으로의 계획을 그림으로만 표현해도 좋고. 일기장은 네가 마음대로 뛰어놀 수 있는 놀이터니까."

아빠의 이야기가 좋았던지 재형이의 두 볼이 상기되었다.

"정말이요? 정말 내 맘대로 해도 괜찮아요?"

"그래. 일기란 꼭 어떻게 쓰라고 정해진 게 없어."

"와, 신난다."

그러다 야간 근무 때문에 재형이의 일기를 한동안 읽지 못했다. 하루는 오랜만에 재형의 일기장을 들춰 보다가 깜짝 놀라고 말았다.

"여보, 이리 와 봐. 재형이 일기가 이상해."

한글도 아니고 외국어도 아닌 이상한 문자가 공책을 가득 메우고 있었다. 아내와 머리를 맞대고 연구했지만, 일기 내용을 도저히 알 수가 없었다. 결국 재형이를 불렀다.

"재형아, 외국어로 쓰는 것도 좋지만 이왕이면 옆에 한글로 해석도 해 주면 안 될까? 엄마와 아빠가 전혀 읽을 수가 없어."

"안 돼요."

재형이의 태도는 사뭇 단호했다.

"아빠가 그랬잖아요. 일기장은 저만의 거라고요. 그러니까 제 비밀을 읽으면 안 돼요."

아들의 성장을 일기로 확인하던 아빠의 행복은 그렇게 하루아침에 사라져 버렸다. 하지만 엄마, 아빠의 일기 훔쳐보기는 계속되었다. 나중에 가서야 재형이가 15개국의 문자를 읽을 수 있다는 걸 알았지, 그 당시 일기장에 네덜란드어와 미얀마어, 이집트 상형문자 등이 응용되었다는 걸 꿈에도 상상하지 못했다. 그저 잘 만든 암호라고만 생각했다.

하루는 외국어 문장 옆에 한글 같은 글씨가 적혀 있었는데 좌우가 완전히 바뀌어 있었다. 누가 가르쳐 준 것도 아닌데 종이를 뒤집어야 똑바로 보이도록 영어 필기체를 좌우로 뒤집어 일기를 쓰기도 했다.

어느 날은 글씨를 좌우로 뒤집어 써 놓은 일기를 읽어 보라며 내밀기도 했다.

"재형아, 글씨를 왜 이렇게 썼니?"

"재밌기도 하고, 엄마, 아빠가 잘 못 알아보게 하려고요."

우리 부부는 고개를 끄덕이며 '거울형 글쓰기'를 인정해 주었다. 그 또한 재형이의 언어 세계로 이해했기 때문이다. 어느 날 결과적으로 아이를 야단치지 않았기 때문에 두뇌 발달이 활성화되었다는 전문가의 평가를 듣고는 아이의 행동을 긍정적으로 인정해 주길 참 잘했다는 생각이 들었다.

이 거울형 글쓰기는 블록 조립과 같은 놀이 훈련 효과를 갖는데, 특히 뇌의 마루엽(두정엽)을 활성화시키고 공간 지각력 발달에도 효과적이어서 놀이를 통해 꾸준히 연습하면 암기 효과가 뛰어나게 향상된다고 한다.

그렇게 재형이는 세 살 때부터 하루도 빠지지 않고 스스로 알아서 일기를 썼다. 일기라는 개인 공간에서 마음껏 놀이를 즐겼고 아이는 몰라보게 성숙해 갔다. 처음에는 스스로 문자를 만들더니 나중에는 외국어로 비밀 일기를 썼다. 그리고 더 나중에는 수십 가지 버전의 암호 일기를 썼다.

김재형 문자 탄생

아이들은 아빠가 회사에 출근하지 않고 온 가족이 함께 시간 보낼 수 있는 주말을 좋아한다.

그날따라 아침잠이 많은 재형이가 컨디션이 좋아 보였다.

"아빠, 세종대왕이 한글을 어떻게 만들었는지 아세요?"

재형이는 전집에 있는 모든 위인들을 스스로 탐구한다. 얼마 전까지는 거북선을 만든 이순신 장군이었는데, 오늘은 한글을 만든 세종대왕이다.

"아빠는 잘 모르겠네. 어떻게 만든 거야?"

내 말이 끝나기 무섭게 재형이는 브리핑을 시작했다. 입술에 침이 마를 때까지 자신이 기억하는 모든 내용을 천천히 요약, 정리해서 말했다.

"한글은 사람의 입속 발음기관 모양을 본 떠서 자음과 모음을 만들었어요."

"오, 그래?"

"네. 한글은 세종대왕이 만들고 한자는 창힐이 만들었어요. 그래서 결심했어요. 저도 '김재형 문자'를 만들 거예요."

"우리 재형이가 문자를 만든다고?"

"네, 자신 있어요."

그날 밤 재형이는 밤을 새워 자기만의 '문자'를 만드는 일에 골몰했다. 작은 손거울을 들고 입속을 들여다보며 자음과 모음을 하나씩 적었다. 사뭇 진지한 태도로 관찰용 돋보기를 들고 건물 구석 거미줄과 창틀 모서리를 관찰하며 무언가를 그렸다. 꼬마 학자가 밥조차 먹는 둥 마는 둥 하며 문자 창제에 열심을 보여서 내 심장도 뛰기 시작했다.

다음날 아침에 눈을 떠 보니 재형이는 빛이 들어오는 거실 한쪽에서 쿠션에 몸을 기대고 잠이 들어 있었다. 나는 조용히 재형이에게 다가가 속삭였다.

"재형아, 여기서 잠든 거니?"

아이가 방긋 웃으며 눈을 떴다.

"네, 아빠! 제가 드디어 모음과 자음을 만들었어요."

"정말? 어디 한번 보여 줄래? 너무 보고 싶다."

재형이는 의기양양한 태도로 머리맡에 있던 수십장의 A4용지를 펼쳐 보였다. 하지만 내 눈에는 여전히 암호처럼 보였다. 나는 생각을 할 때 미간에 주름이 지는데 이번에도 그랬던 모양이다. 재형이가 어떠냐고 조심스럽게 물었다.

"너무 어려운걸. 설명 좀 해 줄래?"

재형이는 열정적으로 설명했다. 표정이 달덩이처럼 환했다.

"전혀 어렵지 않아요. 이제 이 문자를 세상에 널리 알릴 일만 남았어요."

어린아이가 일의 성패를 떠나 좋아하는 일에 이토록 열심히 몰두하는 모습이 기특했다.

아쉽게도 '김재형 문자'는 잦은 이사 과정에서 사라졌다. 관리를 제대로 못 해 준 게 마음이 쓰였다. 지금은 아무리 흔한 수학 증명도 빈 상자에 모두 보관한다. 어려운 가정 형편에서 사교육 한 번 없이 제 꿈을 찾아 무언가에 도전하는 재형이 모습이 대견하다.

재형이의 문자에 관한 호기심은 곧바로 암호로 이어졌다. 그 후 암호 만들기는 재형이에게 가장 신나는 놀이가 되었다.

온 세상 문자들, 다 모여!

"재형! 일기가 장난도 아니고, 도대체 왜 이렇게 이상한 문자만 쓰는 거니? 계속 이러면 암호 일기 못 쓰게 할 거야."

엄마의 호령에 재형이가 또다시 눈물을 글썽였다. 한 시간 전, 재형이가 외출에서 돌아와 씻지 않고 책을 읽다 혼났으니 벌써 두 번째 눈물이었다.

이 날 재형이는 엄마에게 혼난 서운한 마음을 일기장에 기록했는데, 중국어 위에 한글을 덧써서 그야말로 엉망진창이었다. 그런 식으로 반항한 것이다. 하지만 아내도 그런 걸 알고 그냥 넘어가지 않았다.

이 일이 있고부터 재형이는 엄마에게 혼이 나면 일본어로 그날 있었던 일과 기분을 일기에 기록한다. 아내는 재형이가 쓴 정식 문자를 두고 더 이상 뭐라고 하지 못했다.

"혼난 일이 아직도 속상한지 오늘도 일본어로 일기를 썼지 뭐예요."

방으로 건너온 아내는 웃음을 참으며 이불 호청을 뜯었다. 하루 이틀 있는 일도 아닌데 비밀을 공유하지 않는 아들에게 서운했던지 아내는 재형이의 비밀 일기에 예민한 반응을 보였다. 하지만 지금은 네 아이들을 건사하는 사이에 많이 느긋해졌고, 무엇보다 몸과 마음이 피로해서 그저 크게 말썽을 피우지 않는 것만으로도 고마워할 따름이다.

재형이의 일기장은 여전히 우리 부부에게 청량제가 되어 주고 있다. 어떤 날은 간략한 영어와 수학 공식을 여섯 줄 써 놓고, 어떤 날은 이진법과 십진법을 이용해 자음과 모음을 규칙적으로 반복해서 썼다. 그리고 마지막에 엄마, 아빠를 의식해 '해독해 보시길 ㅋㅋ'라고 썼다.

아내와 내가 도저히 모르겠다고 우는 소리를 하자 재형이는 습관처럼 암호문 옆에 해석하는 방식을 풀어서 기록해 두기 시작했다. 그러나 여전히 우리에겐 안드로메다 언어일 뿐이다. 그 중에도 으뜸으로 황당한 암호 일기는 러시아어를 한국식 발음대로 표기한 다음 그걸 십진법으로 재해석해 놓은 것으로, 일곱 살 때 처음 만든 것이다.

"아빠, 읽어 보세요. 문자를 조금 쉽게 만들었어요."

글씨를 보니 러시아 문자였다. 옆에서 재형이가 읽는 법을 설명하기 시작했다.

"러시아 발음에 있는 모음과 자음을 이용해서 한글로 만든 거예요."

아빠 체면 안 서게도 도저히 읽는 법을 이해할 수가 없었다. 게다가 이 암호로 된 문장은 띄어쓰기를 전혀 하지 않는 바람에 해독하려면 무척 오래 걸렸다. 얼마 전에는 다섯 문장을 해독하는 데 한 시간이나 걸렸다.

"아빠, 제가 이번에 쓴 암호예요. 해석해 보세요."

HPW : GNDMR

GN~A W H RMGH.

GRBVC GVBFVCGWBUBNGRN BN CNG BNWIWB

AT GVBAQL GWLNG BNW BUBNCNGGPDDN, GWDRLNG

ANFFLQHQ2IQZZ EZZ HZZGGLQ!

서점에서 암호 해석에 관한 책을 많이 읽으면서 녀석의 일기장은 온통 암호로 채워졌다. 애석하게도 재형이는 아직까지 일기 내용을 해석해 주지 않고 있다. 처음에 친절하게 해독 방법을 설명해 주는데, 그것만으로는 도저히 알 수가 없다. 지금도 재형이는 암호 해독을 좋아한다. 우리는 서로에게 문제를 내고 푸는 놀이를 한다. 신기한 문자가 눈에 띄거나 새로운 사실을 발견하면 재형이는 호기심을 잔뜩 품은 아기 고양이처럼 일기장에 그날 발견한 것을 기록한다.

내가 보기에 재형이는 대단한 언어 신동이 아니라 기호, 문자, 암호 등의 책을 통해 여러 나라의 글자 모양에 관심을 집중하는 아이다. 이집트 상형문자를 보며 해석하는 걸 좋아하고, 세계 공용어인 에스페란토어에 관한 책을 보며 잠을 쫓는다. 아무도 읽을 수 없도록 글자를 뒤집어 일기를 쓰고 혼자만의 기준을 정해 놓고 암호를 만든다.

어떤 날은 혼자서 여러 나라 언어를 소리 나는 대로 한글로 써 보고, 완성된 문자를 머릿속에 두고 거꾸로 발음하기도 한다. 스스로 문자를 가지고 놀고 즐기는 재형이를 보며 아이가 커서도 하나의 과제를 손에 쥐고 즐겁게 확장된 사고를 펼칠 수 있겠구나 하는 생각을 한다.

지금까지도 재형이의 보물 1호는 책과 암호 일기장이다. 세종대왕을 따라하던 재형이의 성장 기록은 앞으로도 계속될 것이다.

2007년 5월 18일

오늘은 대훈서적에 갔다. 아주 재미있었다. 난 완전 한자로 되어 있는 책을 봤다.
난 그게 어렵지 않았다. 본 것 중에 다른 것도 많았다.

. ( )		
70**7**년 **5**월 **18**일 금 요일	☀ ⛅ ☁ ☂ ☃	
일어난 시간	잠자는 시간	
시 분	시 분	
오늘은대 훈서적 에갔다. 아주재미있었		
다. 난완전한자로데있는책을 봤다		
난그게어렵지않았다. 본것중에다른		
것많았다.		
5		
10		
오늘의 중요한 일	오늘의 착한 일	

외국어 원서가
너무 재밌어요!

"꼬마야, 네가 읽을 만한 책이 아니야. 이리 내."

재형이는 그날도 서점 직원에게 책을 빼앗겼다. 조금 떨어진 자리에서 보니 얼굴에 억울한 빛이 가득했다.

재형이는 책을 읽어 주기 위해 엄마, 아빠가 있는 서점 중앙으로 올 때마다 책을 빼앗긴다. 아무리 재게 걷고 등으로 책을 가려도 직원에게 발각되는 건 시간문제. 울먹이며 허리춤에 매달리는 녀석이 안쓰러워 서점 직원에게 다가가 간곡하게 부탁한다.

"우리 아이가 어려도 책을 곧잘 읽습니다. 혼자 원서를 보더라도 빼앗지 말아 주세요."

이런 부탁을 처음 받는 사람들은 무슨 농담을 그리 심하게 하느냐는 표정을 짓는다. 그러나 얼마 안 있으면 매일 서점으로 출근하는 우리 가족과 공을 들여 가며 법전을 읽어 나가는 재형이에게 두 손을 들고 만다.

　다섯 살 때부터 서점 나들이를 시작해 벌써 열 살이 된 재형이는 방과 후 대부분의 시간을 서점에서 보낸다. 아이와 정이 든 직원들은 재형이를 반갑게 맞아 주고, 머리도 쓰다듬어 준다. 그리고 정다운 형처럼 고마운 누나처럼 발을 동동 구르는 아이 손에 높은 자리에 꽂힌 책을 꺼내 쥐어 준다. 재형이는 서점에서 사람들과 깊은 유대를 맺으며 성장하고 있다.

편식 없는 책 읽기

　여섯 살 재형이가 우리에게 처음으로 책을 읽어 주겠다면서 낑낑거리며 품에 안고 온 책은 영어가 빼곡하고 꽤나 두꺼운 책이었다. 간간이 그래프와 그림이 보였다. 인류의 진화 과정을 나타낸 것인가 보다 하며 아들이 읽어 주는 이야기를 경청했다. 진지하게 한 줄 한 줄 손으로 짚어 가며 읽어 내려 가던 재형이. 읽는 틈틈이 땀을 닦거나 작은 손가락으로 머리를 긁적이던 모습이 지금도 눈에 선하다.

　"엄마, 아빠, 제가 책 읽어 드릴게요."

　재형이가 또랑또랑한 목소리로 나에게 책을 읽어 주자 지나가던 학부모 몇이 놀란 눈을 하고 재형이를 둘러싸고는 말을 붙였다.

　"너 지금 무슨 내용인지 알고 읽니?"

　아이 모습이 재미있는가 보았다. 어린 꼬마가 혼자 영어를 읽고, 불어와 독어, 중국어로 된 서적을 펼쳐들고 읽으니 말이다.

"꼬마야, 너 학원 다니니?"

"몇 살이야?"

"어디서 배웠어?"

늘 그런 식이다. 그러면 재형이가 대답한다.

"저 혼자 책 보고 배웠어요."

하지만 아무도 믿지 않는 표정이다. 아무튼 이렇게 주위의 관심이 아이에게 집중되면 직원이 찾아오고 재형이의 책 읽기는 중단된다.

"죄송하지만 아이가 책 읽는 걸 방해하지 말아 주세요."

이쯤 되면 우리 부부는 아이에게 관심을 기울이던 분들에게 자초지종을 이야기하고 양해를 구한다. 그러면 다들 고개를 끄덕이며 물러난다.

아이는 다시 마음껏 소리 내어 읽고 나서 만족한 눈빛으로 책장을 덮는다.

"우리 재형이 또박또박 잘 읽었네."

"어떤 부분이 마음에 들어서 읽기 시작했니?"

하지만 나와 아내는 재형이가 읽어 주는 책의 내용은 물론 발음의 정확성조차 알지 못한다. 그저 아이의 행복한 책 읽기를 방해하지 않고 응원해 줄 뿐, 우리에게 책 내용은 중요하지 않다. 중요한 건 아이 말에 귀를 기울이면서 아이와 충분히 교감하는 것이기 때문이다.

우리는 아이가 책 내용을 알고 있을 경우 어떤 분야의 책인지 그리고 무엇에 새로운 관심을 갖게 되었는지 꼭 질문한다. 엄마와 아빠의 세심한 관심에 재형이는 허리와 어깨를 펴고 열심히 허공에 공식을 풀거나 그림을 그려 가며 자신의 관심사를 표현한다. 한참을 고민하면서 말하기 때문에 비록 느리기는 하지만 이런 식으로 말을 하는 과정에서 아이 스스로가 읽은 내용을 요약하고 한 번 더 꼼꼼하게 살피게 된다.

재형이는 지금도 새로운 원서가 자주 들고나는 전문 서점을 좋아한다. 재형이가 어떤 계기로 원서에 관심을 갖게 되었는지는 정확히 모른다. 이것저것 마구 읽다가 문자가 구미를 당겼다고 생각할 뿐이다.

처음에는 서점에 가도 가족 모두 뿔뿔이 흩어진 탓에 아이가 어디에 관심이 있는지 미처 파악하지 못했었다. 간혹 영어 책을 꺼내와 나에게 읽어 주었지만 나는 여느 아이들처럼 그 어려운 공룡 이름이나 각 나라의 수도 이름을 외우는 것처럼 별스럽지 않게 받아들였다.

재형이는 요즘도 서점의 구석진 외국어 코너에 들어가면 여간해서는 나오지 않는다. 원서로 된 수학책에 관심을 집중하는 모양이다.

"재형아, 책 뺏기지 않게 소리 내서 읽어라."

아이가 관심 갖고 습득하는 외국어를 능숙하게 되받아쳐 줄 수 없는 나는 늘 재형이 주위를 맴돈다. 혹 독서를 방해하는 아주머니나 책을 뺏는 직원들로부터 재형이를 보호하기 위해서다.

사실 재형이는 주변에서 아무리 말을 시켜도 묵묵부답일 때가 많다. 다섯 살 때였는데, 아주머니 한 분이 몇 살이냐고 묻자 말없이 손을 들더니 손가락 다섯 개를 펴 보였다. 처음에는 버릇없다고 생각했는데 좀 더 지켜보니 그럴 만한 이유가 있었다. 책을 읽기 시작하면 모든 에너지를 집중하기 때문에 주변의 소리를 전혀 듣지 못하기 때문이다. 그래서 책에 한번 빠지면 귀가 닫히고 다른 세상에 들어가 있는 것처럼 보인다.

〈동의보감〉과 〈해부학〉

어린아이가 부모에게 주는 행복은 무한하다. 우리가 집세가 싼 곳을 찾아 이사를 다니면서도 기죽지 않고 씩씩하게 살 수 있는 것도 아이들이 때문이다.

이사를 해서 가장 안 좋은 점은 번번이 서점 직원들과 낯을 익혀야 한다는 사실이다. 게다가 한동안 발걸음이 뜸했던 서점에 직원이라도 새로 들어오면 무척 난감하다. 서점 직원이 아이 손에서 두꺼운 원서를 빼앗아 책장에 꽂아 버리기 때문이다. 어린아이가 무슨 원서냐면서 행여 비싼 책에 흠이라도 날까 전전긍긍하는 것이다. 재형이는 독서에 몰입할 수 없는 이런 환경을 몹시 힘들어한다.

다른 차원으로 깊숙이 빠져 들어가 시뮬레이션이라도 하는지 머릿속의 숫자가 공식을 만든다는 재형이. 교실에 앉아 공식을 대입해 수학 문제를 푸는 일조차 사치스러울 정도로 가난했던 나에게는 영영 알 수 없는 그 무엇이다.

"누나, 아인슈타인 책은 어디 있어요?"

혼자 읽지 않고 부모에게 '책 읽어 주는 재형이'의 교재는 날마다 달라졌다. 어느 날은 창세기 성경 구절이고, 어느 날은 다윈의 유전학이더니 점차 국적도 책의 종류도 전혀 짐작할 수 없는 날들이 늘어 갔다. 어떤 날은 일본어로 된 화학기호가, 어떤 날은 아랍계 문자가 보인다. 아내와 나에게 재형이의 독서력은 난해하고 신기할 뿐이다.

"저 책을 읽고 어떤 생각을 하는 걸까?"

"나도 물어봤어요. 그런데 재형이가 적절히 표현할 방법을 못 찾은 것 같아요. 좀 더 클 때까지 두고 보자고요."

한번은 재형이가 동양의 《동의보감》과 서양의 《해부학》을 펼쳐 놓고는 끙끙거리며 동양의학과 서양의학의 차이점을 알아보고 있었다. 마침 전공 서적을 사러 왔던 대학생 몇 명이 재형이를 에워싼 채 저희끼리 이런저런 이야기를 나누더니 물었다.

"아저씨, 아이가 원어민 발음을 하는데 벌써 미국에서 조기 유학을 마쳤어요?"

나는 아이가 대전을 벗어난 적이 없다고 대답해 주었다.

우리가 서점을 찾는 이유는 재형이의 실력을 뽐내고 싶어서가 아니다. 아이가 책 내용을 알고 모르고를 떠나 그토록 열정적으로 책을 보고 싶어 하기 때문이다.

어려서부터 재형이는 기억하고 싶은 부분이 있으면 서점 직원에게 펜과 종이를 빌려 와 메모지에 옮겨 적는다. 영시도 적고, 논문 제목도 적고, 피타고라스를 다르게 정의한 방법을 적기도 한다. 조그만 손으로 눈을 반짝이며 적어내려 가는 모습이 사뭇 진지하다. 읽고 싶은 책을 스스로 선택하더니 기억하고 싶은 지식을 메모하기까지 하는 것이다.

씨앗을 뿌렸을 뿐인데 아이는 저 혼자 싹을 틔워 하늘을 향해 줄기를 뻗어 올린다. 아내와 나는 분갈이를 해 주며 아이가 성장하도록 돕는다.

우리 가족의 서점 점거 사건은 '날마다' 반복되고 있다. 아내는 내가 출근하자마자 어린 남매를 데리고 무조건 서점으로 향한다. 어깨에 멘 배낭에는 점심, 저녁 도시락으로 단무지와 멸치가 든 주먹밥과 생수가 들어 있다. 두 아이의 손을 잡고 한 시간을 걸어가야 하는 서점에도 가고, 가까운 서점에도 간다.

"오늘은 어떤 책을 읽을 거니?"

엄마가 물으면 재형이가 대답한다.

"엄마, 공기의 흐름과 소리, 그러니까 공명에 관한 논문이요. 그런데 제가 어제 보던 책 누가 사 갔으면 어떻게 해요?"

서점에 들어서면 재형이는 전날 자신이 보던 책이 그대로 꽂혀있는지 먼저 확인한다. 그대로 꽂혀 있으면 재형이의 표정이 환해진다. 아이들은 각자 어린이 동화를 탐독하고 여행 코너에서 지도도 펼쳐 본다. 엄마가 펼쳐 보는 뜨개질 책을 함께 의논도 하고 과학 잡지에 넋을 잃기도 한다.

나는 회사 업무를 마치면 집 대신 서점으로 간다. 그리고 아이들과 합류해 함께 도시락을 먹고, 서점이 문을 닫는 시간까지 서성거리며 아이들을 살피고, 간혹 바둑 책을 들여다본다. 사실 아이러니하게도 아내와 나는 별로 책을 좋아하지 않는다.

도시락을 먹고 나서 저녁 아홉 시가 되면 몸이 무겁고 나른해진다. 우리 가족은 밤 열두 시에 서점이 문을 닫으면 집까지 걸어서 간다. 처음 얼마간은 몸이 피곤해 아이들에게 빨리 집에 가자고 재촉했다. 그러나 재형이는 고집불통이었다.

"아빠, 피곤하면 누나랑 먼저 들어가세요. 저는 엄마와 좀 더 있을게요."

하지만 가족은 어디에서든 함께해야 한다고 가르친 내가 먼저 집으로 돌아갈 수는 없었다.

"아, 오늘 세 권밖에 못 읽었어요."

요즘은 서점이 밤 열 시면 문을 닫는다. 재형이는 서점 영업 마감 시간을 알리는 멜로디를 가장 싫어한다.

재형이의
일기

2006년 10월 11일

오늘 나는 엄마랑 누나랑 세이북스에 갔다. 거기서 나는 다른 책보다 러시아어
필기체 순서 나와 있는 걸 많이 봤다. 나는 러시아어를 끝까지 다 봤다. 러시아
어 필기체가 흐물흐물해서 기분이 좋았다. 일본어 책도 재미 있었다.

10 월 11 일 수 요일	
일어난시각 시 분	잠자는시각 시 분

오늘 나는 엄마랑 누나랑 세이북스 에갔다.

거기서나는 다른 책 보타 러시아어

필기체 순서와있는걸 많이 봤다,

나는 러시아어를 끝까지 다 봤 다,

러시아어 필기체 가 흐물흐물해서

기분 좋았다; 일본어 책도 재미있있다.

오늘의 중요한 일	오늘의 착한일

도전해 볼래요!

한자 1급 시험에 도전한 경험이 있는 재형이는 제법 많은 어휘를 알고 있다. 한자를 배운 영향인지 단어의 뜻을 염두에 두며 문제를 순조롭게 풀어낸다. 아이가 어휘의 어원이나 뜻을 생각하기 시작하면 아무래도 그만큼 생각의 그릇이 커질 수밖에 없다.

어느 날 재형이와 함께 우유를 사러 동네 슈퍼에 들어가니 아주머니 세 분이 텔레비전을 보며 파와 마늘을 다듬고 있었다. 재형이가 프로그램에 관심을 보이자, 두 사람이 경합 끝에 '우리말 달인'의 도전자가 정해진 상황이라고 가게 아저씨가 친절하게 설명해 주었다.

사회자가 문제를 냈다. 두 글자로 된 단어를 알아맞히는 문제였다.

"사람들이 입을 모아 칭송함. 행복한 처지나 기쁜 마음을 거리낌 없이 나타내는 단어는 무엇일까요?"

재형이는 손가락으로 허공에 한자를 써 보더니 나지막이 말했다.

"노래할 구, 노래 가, 구가(謳歌)."

곧 사회자가 말했다.

"정답은 구가입니다."

재형이는 연거푸 두 문제를 맞혔다.

"아니, 꼬마가 그 어려운 걸 맞히네. 애가 정말 똘똘해."

순식간에 아주머니들의 관심이 의자에 쪼그려 앉아 문제 풀이에 열중하고 있는 재형이에게 모아졌다. 그때부터 모두들 하던 일을 멈추고 계속 진행되는 아홉 개의 질문과 재형이의 답이 정답인지를 숨죽여 확인했다.

도전자는 안타깝게도 마지막 문제에서 탈락하고 말았다. 텔레비전을 시청하던 사람들은 자기 일처럼 무릎을 치며 안타까워했다. 재형이는 아홉 문제를 모두 맞혔다. 아주머니들은 재형이를 영웅으로 대접했다.

"세상에, 이 꼬마가 어른보다 낫구나! 저 프로에 나가 봐라. 너라면 상금을 타고도 남겠다."

한참을 골똘히 생각하던 재형이는 내 손을 잡고 흔들었다.

"아빠, 우리 차 바꾸는 데 얼마나 들까요? 저 상금이면 살 수 있어요?"

"저 정도 상금이면 사고도 남지."

총 상금은 3천 2백만 원. 아홉 문제에서 하나라도 틀리면 도전이 끝나며, 만약 일곱 번째에서부터 아홉 번째까지의 문제에서 탈락하면 총 상금의 10퍼센트를 가져갈 수 있었다.

"우와, 그럼 도전해 볼래요!"

얼마 전부터 자동차 엔진 소리가 심상치 않던 터였다. 중고일망정 여섯 식구의 다리 역할을 톡톡히 해 주는데, 곧 추운 겨울이라 탈이라도 나면 어떻게 하느냐는 아내의 볼멘소리를 마음에 담아 두었던 모양이다.

"그래. 하지만 우승이 중요한 게 아니니까 참가하는 데 의미를 두자. 아빠가 나갈 수 있는 방법을 알아볼게."

우유를 가슴에 끌어안은 재형이의 눈은 꿈을 꾸듯 반짝거렸다.

어린 아들이 스스로 관심을 가지고 세우는 목표에서 결과란 그리 중요한 게 아니다. 다양한 경험을 바탕으로 아이가 성장한다는 사실이 정말 의미 있는 것이다.

처음으로 스승을 만나다

재형이가 한자로 된 만화책《마법천자문》과 한자 5급 책을 번갈아 들고 와서 문제를 내 달라고 했다. 재형이는 내가 가리키는 한자를 음과 뜻을 구분해 척척 읽었다. 그러고는 스스로 만족스러웠는지 연습장과 볼펜을 가져 왔다.

"아빠가 불러 주세요. 제가 받아쓸게요."

"切磋琢磨(절차탁마)."

적혀 있는 한글을 읽어 주는 것도 어려운데, 아이는 고사성어의 음과 뜻, 의미까지 종이에 꾹꾹 눌러썼다. 그러더니 이렇게 말했다.

"끊을 절, 갈 차, 쫄 탁, 갈 마. 아빠, 옥이나 돌을 갈고 닦아 빛을 낸다는 말인데 부지런히 학문과 덕행을 닦음을 이르는 말이래요. 저도 제가 원하는 학문을 위해 열심히 노력할 거예요."

그때 불현듯 며칠 전 일이 생각났다. 친인척이 오랜만에 만나는 자리였다. 우리 집 꼬마들은 사촌들과 시간을 보내느라 정신이 없었다.

"저 이번에 7급 한자 시험에 합격했어요."

조카가 한자 시험 합격증을 들고 자랑하자 어른들이 엉덩이와 어깨를 토닥여 주며 칭찬을 아끼지 않았다. 사촌형의 합격증이 부러웠던지 재형이는 자기도 도전하고 싶다고 했다. 지난해부터 중국어 말하기로 조금씩 성취감을 맛보더니 이제는 사촌형에게 자극을 받은 모양이었다.

처음에는 크게 개의치 않았는데 아이가 스스로 여러 책을 읽고 외우며 테스트를 거듭하는 모습을 보고 한번 도전해 보게 해도 좋겠다는 생각이 들었다.

"여보, 우리는 한자 시험에 대해 아는 게 없으니까 근처에 있는 학원에 가서 물어보면 어떨까?"

아내 말이 일리가 있어서 나는 집 근처에 있는 서예학원으로 무작정 아이를 데리고 갔다. 선생님은 우리에게 자초지종을 듣더니 재형이가 5급 시험을 보는 건 너무 성급한 일이라고 했다. 그러면서 실력을 테스트해 보겠다고 했다.

재형이는 선생님이 지적하는 한자의 음과 훈, 뜻까지 평소 자기 식으로 설명을 하기 시작했다.

"이건 고래 경(鯨)이라고 읽어요. 여기 부수 자인 물고기 어(魚)가 의미를 담고 있고, 서울 경(京)이 소리를 나타내고 있잖아요. 또 서울 경(京)은 '크다'는 뜻까지 포함하고 있으니 물고기 중에서 가장 큰 것은 '고래'라는 의미가 돼요."

막힘없이 술술 설명하자 선생님은 믿기지 않은 표정으로 재형이를 쳐다보았다.

"5급 시험도 문제없겠습니다. 오늘부터 무조건 보내세요. 제가 알아서 가르치겠습니다."

나는 작은 목소리로 아이를 뒷받침할 형편이 아니라고 고백했다. 그러자 선생님은 아무 조건 없이 아이를 맡겠다고 했다. 절로 머리가 숙여졌다. 처음으로 재형이의 가능성을 알아보고 독려하는 스승이 생기던 순간이었다. 재형이가 일곱 살이 되던 해 1월이었다.

역대 최연소 한자능력검정시험 1급

재형이는 우리가 시키지 않아도 스스로 선생님을 찾아가 한자 공부를 했다. 지연이와 재형이의 한자 진도를 점검하며 임신한 아내의 부운 다리를 풀어 주는데 전화벨이 울렸다.

"다름이 아니라 3월에 한자 3급 시험이 있는데 재형이를 내보내려고요."

선생님의 갑작스런 제안에 대답이 빨리 안 나왔다. 아이에게 차근차근

밟고 올라가는 성취감을 맛보게 해 주고 싶었기 때문이다.

"재형이 별명이 뭔지 아십니까? 블랙홀입니다. 순식간에 눈으로 읽고 외워 버려요. 염려 말고 제 결정에 따라 주세요."

재형이는 서예학원에 가는 날마다 한자를 1백 자씩 꼬박꼬박 외웠다. 선생님은 재형이가 마치 컴퓨터가 책을 스캔하듯 지식을 빨아들인다며 혀를 내둘렀다.

전화 통화를 마치고 서재 쪽을 보니 재형이와 지연이가 머리를 맞대고 일기를 쓰고 있었다. 슬쩍 보니 한글에 한자가 섞여 있었다.

"재형아, 재형이는 한자가 왜 좋니?"

재형이는 한참 동안 생각을 정리하더니 한마디로 정리해 주었다.

"아빠, 이건 쇠 금(金)에 세울 건(建)이니까 열쇠 건(鍵)이에요. 한자에는 이렇게 음과 뜻을 나타내는 힌트가 들어 있어요. 처음 보는 한자도 혹시 이런 의미가 아닐까 하고 옥편을 찾아보면 들어맞을 때가 많아요. 그래서 한자 공부가 재미있어요."

그랬다. 아이는 항상 재미있다고 말했다.

"한자가 재미있어요."

"중국어가 재미있어요."

"일본어가 재미있어요."

"암호가 재미있어요."

그러니까 싫어서 하는 읽기와 공부가 있을 수가 없었다.

2007년 4월 27일

한자는 조립식 합체 로봇 같다. 부수가 뜻을 의미하니까 이렇게 묶으면 이런 글자가 되고, 저렇게 묶으면 저런 글자로 읽힌다. 신기하다.

"재형아, 선생님께서 이번 3급 시험에 도전해 보자고 하신다. 우리 재형이 생각은 어때?"

"시험 보는 거예요? 좋아요. 해 보고 싶어요."

원서 접수를 마치고 시험을 볼 때까지, 아이가 처음 보는 자격 시험이라 아내와 나는 걱정이 이만저만이 아니었다. 혹 실패해서 아이가 소심해지면 어쩌나, 처음 보는 시험이라 실수나 하지 않을까, 답지에 색칠을 제대로 못하면 어쩌나, 온갖 걱정을 다하는데 재형이는 태연하기만 했다.

재형이는 강한 자신감을 보였다. 믿음을 주는 아이의 눈빛에 대견하다는 생각마저 들었다. 교실에서 다른 아이들은 모두 책을 꺼내 읽고 있었지만 재형이는 걸상에 앉아 두 다리를 흔들며 장난을 쳤다.

"재형아, 마음 편하게 하고, 알고 있는 것만 차근차근 풀어. 아빠는 우리 재형이가 이렇게 도전한다는 사실만으로도 기쁘고 자랑스럽다. 합격은 중요한 게 아니야. 알지? 도전하는 게 중요한 거야. 파이팅!"

교실 밖에서 시험이 끝나길 기다리는 시간이 영원처럼 느껴졌다. 자녀가 수능시험을 치르는 동안 왜 학부모들이 학교 정문에 엿을 붙이는지 그 심정을 알 것 같았다. 재형이를 기다리는 시간이 길게 느껴지기만 했다.

시험이 끝나자 재형이가 재킷 주머니에 손을 넣은 채 걸어 나왔다.

"재형아, 어땠어?"

내가 묻자 재형이는 짧게 대답했다.

"쉬웠어요."

담담한 모습이 대견했지만 우리는 겉으로 내색하지 않고 집으로 향했다.

한 달 뒤, 아내와 나는 떨리는 손으로 사이트에 들어가 재형이의 수험 번호를 입력했다. 잠시 후 작은 창이 떴다.

축하합니다. 합격입니다.

"재형이 대견하다. 너의 첫 도전과 합격을 축하해."

기쁜 마음에 그날 저녁 집에서 떡볶이 파티를 열었다. 케이크 하나 없는 소박한 파티였지만 아이는 더없이 행복해했다.

3개월 후 재형이는 최연소로 한자능력검정시험 2급에 도전했고, '한자 신동'이라는 별명을 하나 더 얻었다. 그리고 이듬해 여덟 살 때는 역대 최연소 나이로 웬만한 어른들도 따기 힘들다는 한자능력검정시험 1급 합격자 명단에 이름을 올렸다. 한자를 처음 접한 지 14개월 만이었다.

재형이가 합격한 한자능력검정시험 1급은 한국어문회에 따르면 한문학을 전공하는 대학교 4학년 학생 정도의 실력이라고 한다. 그리고 비슷한 수준인 대한검정회의 한자급수자격 1급은 방송통신대학교 중어중문학과에서 졸업 논문을 대신할 정도로 그 실력을 인정해 준다. 이런 시험을 최단 기간, 최연소로 합격했지만 재형이의 한자 공부 방법은 의외로 간단했다.

반복해서 읽고, 쓰고, 외우는 게 전부였다. 그리고 잘 해낼 거라고 마음을 다해 믿어 주는 가족과 스승이 있었다.

아이의 카이스트 수업을 위해 이사 가기로 결정하면서 재형이와 한자 선생님은 이별을 해야 했다. 비록 짧은 시간이었지만 선생님은 재형이에게 정이 깊이 들었는지 이별을 몹시 아쉬워했다. 얼마나 고맙던지. 재형이를 안 보면 허전하다는 말씀도 너무 고마웠다. 선생님과 작별 인사를 마치고 벅찬 마음으로 집으로 가는 우리 부자는 배고픔도 못 느낄 정도로 행복했다.

이번에 재형이가 사촌형에게 자극받아 스스로 새로운 분야에 흥미를 보이고 최선을 다해 공부한 모습은 가족은 물론 재형이를 돌봐 준 선생님에게도 오래 기억에 남을 추억이 되리라.

"재형이가 선생님께 받은 사랑만큼 꼭 베풀 줄 아는 사람으로 성장하면 좋겠다."

"네, 아빠."

나는 씩씩하게 대답하는 아이의 작은 손가락을 쓰다듬으며 어른이 된 재형이가 자신처럼 절실하게 공부하고 싶어 하는 아이를 알아보고 돌보았으면 좋겠다고 생각했다.

지금도 재형이는 주말이면 틈을 내어 버스를 타고 선생님에게 다녀온다.

한번은 인터뷰 나온 기자가 재형이에게 한자를 잘하는 비법을 알려 달라고 했다.

"그냥 읽고 외우는 수밖에 없어요. 아! 일단 재미있는 놀이라고 생각하면 더 잘 돼요. 또 유의어, 반대말, 고사성어도 틈틈이 알아 두면 시험 볼 때 큰 도움이 돼요."

한자 급수 시험에는 반대어나 유의어 등 한자 자체보다 어휘력을 묻는 문제가 많이 나온다.

"여보, 재형이가 책에서 습득한 다양한 어휘를 한자에서도 잘 끌어다 응용하는 것 같아요."

어느 날 아내가 말했다.

나도 그렇게 생각한다. 하루의 절반을 독서에 사용하는 재형이는 어려서부터 모르는 글자가 나오면 스스로 뜻을 끄집어내는 습관을 길렀다.

책을 읽으며 자연스럽게 습득한 다양한 분야의 어휘는 그 내용에서만 끝나지 않고 다른 세상의 언어와 맞닿아 움직인다. 마치 고속도로와 연결된 수많은 샛길과 국도처럼 자연스럽게 만나고 함께 흘러가는 것이다.

재형이의 경우, 첫 번째 비법이라면 한자를 공부가 아니라 놀이로 생각하고, 평소 독서를 통해 많은 어휘를 섭렵하는 것이다.

재형이의 책을 살펴보면 거의 다 아주 깨끗하다. 한자의 경우 연필이나 볼펜으로 쓰면서 외우지 않고 열 자 남짓 들어 있는 한 면 분량의 한자 음독과 훈독을 눈으로 죽 훑어본 뒤 손바닥으로 훈음을 모두 가리고 머릿속으로 기억해 내는 방식으로 한자를 익히기 때문이다. 영어와 일본어, 중국어 단어를 외울 때도 마찬가지다. 한 차례 훑은 뒤에는 다음 면으로 넘어가는 대신, 다시 아는 글자와 모르는 글자를 가려내는 작업을 한다. 단어를 반복해서 외울 때도 앞에서 한 방식대로 일단 훑어보고 음과 훈을 가린 뒤 외운다.

두 번째 비법은 누가 일러 주지 않아도 재형이 스스로 자신에게 적합한 방법을 찾아 한자를 거듭 반복해서 외우는 것이다.

재형이는 그때그때 매력적으로 생각하는 문자를 사용해 일기를 쓴다. 계룡서점에 다녀왔으면 계룡서점이란 한자를 옥편으로 찾아 일기에 쓰고, 정확하지 않아도 한글 대신 알고 있는 한자를 모두 동원한다. 예를 들면 '고양이 모습이 제일 재미있었다.'를 '猫 모습以 第一 재미있었다.' 하는 식으로 쓰는 것이다.

세 번째 비법은 모르는 한자를 만났을 때 머릿속으로 뜻을 예상해 보고 옥편을 찾아 확인한 후 한자 일기를 통해 낯설고 힘든 이름이나 지명을 익숙하게 사용하고 자신이 아는 한자를 총동원하는 것이다.

우리 부부가 결과에 집착하지 않았기 때문에 재형이는 3천 5백 자 이상의 한자를 외우고 응용하게 되었다. 뿐만 아니라 매사 모든 분야에 흥미와 호기심을 마음껏 발산한다.

재형이는 책 읽기는 좋아하지만 씻는 일은 유독 힘들어한다. 화장실에 씻으러 들어간 지 한 시간이 지나도 물소리가 들리지 않는다. 그때마다 아내는 얼굴이 뜨거운 화로처럼 달아오른 채 화장실 문을 두드린다. 화장실 문이 열리면 재형이는 어김없이 변기에 앉아 책을 보고 있다.

오늘은 너무 늦게 일어났다. 몇 시에 일어났냐면 두 時에 起다.

我 그래도 復 자고 싶었지만 꾹 忍다.

그래서 飯도 못 吃다. 朝飯은 잡채뿐이었다.

. . ( )

2007년 5월 21일 월 요일 ☀ ⛅ ☁ ☂ ☃

일어난 시간 　 　 　 　 시 　 분 　 잠자는 시간 　 　 　 　 시 　 분

오늘은 너무 늦게 일어났다. 몇 시에 일어났

냐면 두 時에 起다. 我 그래도 很 자고 싶었

지만, 꾹 忍다. 그래서 飯도 못 吃다.

朝飮 　은 잡채뿐이었다.

5

페르마의
마지막 정리에
푹 빠지다

"세상에, 오늘은 아빠와 아들이 나란히 지각이네. 지연이는 벌써 쓰레기봉투 들고 현관에 서 있어요. 여보, 일어나요!"

아내가 나를 흔들어 깨웠다. 전날 밤 늦게까지 재형이가 들려주는 삼각형 증명을 듣느라 늦잠을 잔 것이다. 잠자는 시간이 늘 부족하기 때문에 아침 잠은 쉽게 물러가지 않는다.

마침 사무실이 아닌 현장으로 출근을 하게 되어 다행히라고 중얼거리며 서둘러 넥타이를 맸다. 구두를 신고 현관을 나서는데 머리카락이 새둥지처럼 크게 부푼 재형이가 잰걸음으로 다가왔다.

"아빠, 인터넷에서 이것 좀 찾아 주세요."

아이가 내민 쪽지를 펼쳐 보는 순간 머리가 어지러웠다.

Modular elliptic curves and Fermat's Last Theorem By Andrew John Wiles

"재형아, 이게 뭐니?"

"페르마의 마지막 정리에 관한 논문이에요. 분량이 좀 많을 거예요. 아빠, 정말 읽어 보고 싶어요. 꼭 부탁해요."

재형이는 욕실에 들어가 머리카락에 충분히 물을 묻힌 다음 책가방과 신발주머니를 챙겨들었다.

"학교 다녀오겠습니다. 아빠, 안녕히 다녀오세요."

다람쥐처럼 쪼르르 학교로 달려가는 아이. 쪽지를 손에 쥔 채 나는 멀어지는 아이의 뒷모습을 멍하니 바라보았다.

재형이는 항상 새로운 지식을 찾기 위해 스스로 노력한다. 뭔가를 알게 되면 왜 그렇게 되는지 생각을 하고 메모를 한 뒤 자료를 찾는다. 행동은 느린데 호기심 생기는 부분에 관해서는 빠르게 능동적으로 대처한다. 그러더니 언제부턴가 해외 논문을 찾아 읽기 시작했다.

수학책 읽는 아이

점심을 먹고 나서 사무실이 한적한 틈을 타 인터넷을 검색해 보았다. 재형이가 적어 준 메모에서 내가 아는 단어는 고작 and와 last, by 정도였다.

아이가 일러 준 해외 사이트에 들어가 알파벳을 하나하나 정성들여 입력해 가며 관련 논문을 찾아보니 세상에, 1백 쪽이 넘는데, 모두 영어와 수학 공식만으로 되어 있었다.

회사 업무가 아닌 일을 하는 터라 나는 재빨리 인쇄 버튼을 누르고 이 눈치 저 눈치 봐 가며 복사기 앞을 사수했다.

출력된 논문을 커다란 집게로 고정시켜 놓으며 페이지를 들춰 보았다. 내겐 한 글자, 한 글자가 모두 암호 같았다. 두툼한 논문을 구겨지지 않게 가방에 넣는데 여러 가지 생각이 스쳐 지나갔다.

세상에는 페르마의 정리를 꼭 읽어야 하는 사람과 그런 것과는 아무런 상관이 없이 사는 사람들이 있는데, 내 아이는 페르마의 정리를 읽어야 하는 쪽에 속한다. 하지만 부모인 나는 페르마가 누구인지도 모른다. 아이와 지적인 대화를 나누기가 너무 어렵다.

2008년 11월 18일

제목: 내가 존경하는 세 사람

페르마→ 페르마의 마지막 정리($a^n + b^n = c^n$, n이 3이상의 정수일 때 $a^n + b^n = c^n$을 만족하는 a, b, c는 없다)를 발견해서.

이휘소→ 내가 좋아하는 물리학자. 소립자물리학에 큰 기여를 하고 수백 편의 논문을 발표해서.

아인슈타인→ 시간과 공간에 대한 상대성이론, 상대성이론의 기초가 되는 '일반상대성이론'을 만들어 낸 업적 때문에.

최근 재형이가 손에서 놓지 않는 책은《해석학개론》이다.

카이스트에서 재형이를 담당하는 선생님은 재형이를 기특하다는 눈빛으로 바라보며 말했다.

"재형이는 어려운 수학 정의를 자기만의 방식으로 계산하고 생각해서 재정리하는 걸 좋아합니다."

그리고 친절하게도《해석학개론》은 대학에서 수학을 전공하는 학생들이 배우는 과목으로, 학점이 잘 안 나올 정도로 어렵다고 설명까지 해 주었다. 재형이가 카이스트 영재 교육원에서도 손에 꼽히는 수학 재능을 가졌다는 선생님 말씀에 나도 모르게 입이 귀에 걸렸다.

수학이 재미있느냐고, 어렵지 않느냐고 물으면 재형이는 늘 이렇게 대답한다.

"네, 재밌어요. 읽고 이해만 하면 되는걸요."

재형이는 국내에 소개되어 있는 수학자와 수학 서적을 꼼꼼하게 찾아 읽는다. 수시로 서너 군데 서점에 들러 관심 있는 분야의 신간을 체크해 읽기를 반복하는데, 유독 수학 관련 서적이 많다. 집에 있는 손때 묻은 책 대부분이 수학 관련 서적이다.

현대 컴퓨터의 선구자이자 수학자인 튜링이 설명하는 암호의 개념과 연산, 약점과 공개 키, 암호 책이나 기하학, 삼각함수, 탈레스의 평면도형, 특히 1500년대 이탈리아의 유명한 철학자 카르다노가 풀이한 삼차방정식과 다양한 방정식 등에 열광하는 탓에 그 부분이 너덜너덜하다.

아이는 자신이 좋아하는 책을 읽고 또 읽으면서 완벽하게 자기 것으로 만든다. 그리고 핵심을 명쾌하게 한 줄로 잘 요약해서 싫고 좋음을 표현하는데, 아무래도 반복해서 책을 읽기 때문인 것 같다.

어느 날 오후 재형이가 햇살이 들어오는 창가에 앉아 정신없이 책을 보고 있었다. 마지막 장을 넘겼을 때 나는 그 책이 왜 좋으냐고 물어보았다.

"여기 제가 좋아하는 삼차방정식과 사차방정식 해법이 나와 있어서 재미있어요."

재형이는 일일이 식을 세워 숫자로 답을 풀어내는 것보다 답을 증명하는 걸 좋아한다. 삼각형 세 변의 합이 왜 180도가 나오는지, 피타고라스의 정리가 왜 이렇게 될 수 있는지, 루트는 왜 써야 하는지, 탄젠트는 무슨 뜻이며 왜 써야 하는지 등을 앎으로서 수학에 더 깊이 들어갈 수 있다고 생각한다. 그리고 책은 조금씩 들춰 보며 독학으로 이해할 수 있는 문제를 풀어간다.

옆에서 지켜보면 수학에 접근하는 방식도 흥미롭다. 다양한 언어를 할 수 있기 때문인지 표기도 색다르게 한다.

문제를 어떤 방식으로 풀고 있느냐고 묻자 재형이가 대답했다.

"인도식 수학으로 접근하고 있어요."

"인도식?"

재형이가 한참 뭐라고 이야기하는데 조금도 알아들을 수가 없다. 그래도 아이의 말을 끝까지 귀 기울여 듣는다. 혼자서 하는 공부는 재미없을 것 같기 때문이다. 그래서 응원하는 마음으로 지루한 표정을 짓지 않으려고 노력하지만 피곤이 밀려들면 저절로 눈이 감긴다.

다음날 다시 수학을 붙잡고 있는 재형이에게 똑같이 물었더니 이번에는
이렇게 대답했다.

"아빠, 오늘은 아프리카 수학으로 풀고 있어요."

나는 역시나 무슨 말인지 알아듣지 못한다. 나에게 없는 재주를 재형이
가 지녔으니 무척 기쁠 뿐이다.

2008년 4월 3일

제목: cos, tan, sin

내가 제일 생각나는 건 tan(탄젠트)이다.

왜냐하면? ㄴ←이런 직각이기 때문이지. sin, cos은 너무 어려워.

그래도 난 끝까지 포기하지 않을 거야.

한번은 방송에서 취재를 나온 피디가 촬영을 마치고 재형이에게 좋아하
는 수학책을 선물하겠다고 약속했다.

"정말요? 제가 원하는 책을 사 주실 수 있어요?"

재형이는 무척이나 기뻐했다. 모든 스텝이 웃으며 그렇다며 호응했고,
곧바로 촬영 팀과 우리 가족은 대전에서 가장 큰 서점으로 갔다. 재형이는
투명 날개라도 돋은 것처럼 빨리빨리 걸었다.

서점에 도착해서 한글과 영문으로 다 검색해 보았지만 이상하게도 입고
되었다는 표시가 전혀 없었다.

"아저씨《아리스메티카》하고《알마게스트》좀 찾아 주세요. 아무리 검색

해도 안 나와요."

　서점 직원까지 합세해 찾았지만 정보 자체가 뜨지 않았다. 재형이는 이내 시무룩해졌다.

　담당 피디는 실망하는 아이의 머리를 쓰다듬어 주며 인터넷으로 검색해서 사 주겠다고 호언장담했다. 그리고 며칠 후 전화가 왔다.

　"아버님, 재형이가 원하는 책을 찾아보니 상황이 만만하지가 않네요. 시중에서 구할 수가 없어요. 괜히 재형이 마음만 들뜨게 한 것 같아서 미안한걸요."

　사정을 들어 보니 재형이가 읽고 싶어 하는 책 모두 고대와 중세에 나와 일부가 유실된 책이었다. 《아리스메티카》는 세기의 중세 수학자 디오판토스가 1백 개 이상의 다양한 수학 문제를 모아 정리한 고대 수학서로 부정방정식의 해법을 연구한 책이고, 《알마게스트》는 서기 150년, 고대 천문학자 프톨레마이오스가 각종 천문 현상을 수학적으로 다룬 천문학 저서로 중세 시대의 여러 전쟁을 거치면서 원본의 반 이상이 소멸된 전설의 책이었다.

　나는 피디에게 아이에게 잘 알아듣게 얘기하겠다고 하고, 신경 써 줘서 고맙다고 인사했다. 재형이는 앞으로 여행을 가게 되면 앞에서 말한 책의 일부가 보관되어 있는 박물관에 꼭 가겠다고 하면서 주먹을 불끈 쥐어 보였다.

　나는 아이의 이런 독립적인 태도가 좋고 혼자 적극적으로 목표를 만들어 가는 과정을 지켜보는 것이 마냥 즐겁다. 아이는 좋아하는 공식에 곡을 붙여서 노래로 흥얼거리기도 하고, 졸라맨이 칼로 숫자를 찌르는 장면을 그려 넣어 하나의 개념을 독파했다는 걸 드러내기도 한다.

2008년 9월 10일
제목: π
내가 π에 대한 노래를 하나 지었다.
♬ π는 0.2, 0.25, $\frac{1}{2}$ 과 같이 나타낼 수 없지만 ♬
π 빼고는 모두 다 돼! 유리수, 분수, 정수, 무리수, 제곱근 등등 모두 다 돼. ♬

수학 일기장의 힘

카이스트 글로벌 영재 교육원에 다니는 아이들은 재형이보다 모두 한두 살 많다. 재형이가 여덟 살이라는 최연소 나이로 입학을 했기 때문이다. 처음에는 부끄러움이 많고 생각이 많아서 겉으로 표현하지 않던 재형이지만 수업이 해를 거듭하면서 형들하고 많이 친해지고 수다스러워졌다.

재형이는 수학에 대해서 무엇이든 다 연구하고 설명하는 수학자가 되고 싶어 한다. 언어를 습득하던 것처럼 서점에서 전문 수학을 만났고, 호기심을 좇아 나름대로 단계를 거치고 있다. 하지만 선생님에게 체계적으로 수학을 배우지 못해서일까, 지금까지 학교에서 보는 수학 시험에서 백점을 받은 건 손에 꼽을 정도다. 쉬운 덧셈, 뺄셈에서 틀리기 일쑤고, 숫자 0을 식에서 빼먹고 잘못된 답을 적을 때도 있다. 비단 수학 과목에서만 그런 게 아니다.

"엄마, 카이스트에 다니는 형하고 누나들은 이번에도 올백을 받았대요. 대단하죠?"

"우와, 정말 대단하다. 열심히 공부하나 보다. 우리 재형이도 노력해야 겠다."

"네, 저도 다음에는 실수 안 하도록 노력할게요."

주위에서 영재 소리를 듣는 재형이지만 학교 선배나 친구가 백점을 받았다고 하면 몹시 신기해하며 부럽다는 표정을 짓는다. 아내도 마찬가지다.

이런 모습을 보고 있으면 나도 모르게 웃음이 나온다. 다른 엄마 같으면 친구가 백점 맞은 게 무슨 소용이냐면서 아이에게 면박을 줄 텐데 재형이와 함께 놀라워하고 신기해하기 때문이다. 나는 이런 우리 가족이 사랑스럽다.

영재 판정을 받은 지연이와 재형이는 아직까지 한 번도 전 과목 올백을 강요받은 적도 없고, 올백을 받아 온 적도 없다. 우리는 아이들 자신이 원하는 과목에 집중해서 책을 읽히는 데 비중을 두는 편이고, 학교 시험 결과에 대해서는 노력한 만큼 성과가 있었는지 정도만 점검한다. 요즘 아이들은 워낙 공부를 잘해서 반 평균이 95점 이상이라는 말을 듣고 깜짝 놀라기도 했다.

"아빠, 저도 올백을 맞아 보는 게 소원이에요."

아이의 생각이 너무 귀엽고 어이없어 슬그머니 볼을 꼬집어 주니 나의 목을 와락 끌어안는다. 이럴 때 보면 영락없이 열 살 꼬맹이일 뿐이다.

2007년 10월 18일

제목: 3.1415926……

는 무한등분이다. 무한등분 π= 3.1415926……

나는 원의 원주와 원주율과 지름과 반지름만 알면 π를 구할 수 있다.

하지만 공식을 잊어버렸다. 그래서 잘 못 하겠다.

처음 재형이가 수학 관련 서적을 들고 와서 설명을 하거나 질문을 했을 때, 나와 아내는 무척 곤혹스러웠다. 대학 진학을 포기하고 일찌감치 사회에 뛰어든 우리는 수학에 관해 차근차근 알려 주거나, 답을 확인해 줄 처지가 아니었기 때문이다.

부모가 못하는 수학, 부모가 즐기지 못하는 과목을 아이 역시 즐길 수 없다면 그것만큼 마음이 아픈 일이 없을 것이다. 부모라면 누구나 아이가 자신보다 나은 환경에서 잘 자라 사회에서 인정받는 인물이 되길 바랄 것이다. 우리는 다른 부모처럼 직접 배운 다음에 가르칠 자신도 없고, 그럴 형편도 아니었다. 그래서 아이가 관심 갖는 학문 분야를 오랜 시간 꾸준히 흥미를 잃지 않고 갈 수 있는 방법을 찾기 시작했다. 우리가 찾은 방법은 세가지였다.

첫째, 온 가족이 유익한 강좌에 참여했다.

몸으로 미분과 적분의 개념을 알아가는 강연장을 찾아 아이와 함께 수학의 개념을 스토리텔링으로 만나는 시간을 가졌다. 간혹 오감으로 학습을 자연스럽게 습득하는 강연이나 프로그램이 열리는데, 주로 방학이나 신학기를 앞둔 시기, 가족의 달 5월에 많다.

둘째, 일기장을 통해 아이가 수학을 '마음 놓고' 즐길 수 있게 했다.

나는 아이를 세심하게 관찰하는 편이다. 대화를 나눌 때 아이가 어떤 단어를 자주 쓰는지, 아이의 입에서 새로 등장한 수학 기호가 무엇인지, 언제, 어디서 아이의 표정이 어떻게 바뀌는지, 무슨 노래를 흥얼거리는지. 읽는 책이나 노트는 물론 일기장에 적힌 의미 없는 낙서 하나하나에도 관심을 기울였다. 그리고 틈나는 대로 그것들을 꺼내놓고 오래도록 아이와 이야기를 나누었다. 그러면 아이는 혼자가 아니라는 걸 깨닫고 자신감을 얻는 것 같았다.

'내가 좋아하는 것, 내가 하고 싶은 걸 아빠도 궁금해 하는구나!'

나는 카이스트 선생님의 조언을 빌어 말했다.

"재형아 모르는 문제가 있으면 물음표를 달아놔. 다른 노트에 궁금한 걸 필기하고 나중에 알게 되면 반드시 해답을 풀어보고."

그러자 아이는 일기장을 수학 오답 노트로 활용하기 시작했다. 그러한 아이의 일기장을 들여 볼 때마다 가슴이 뛴다. 요즘도 재형이는 일기장을 활용해서 앞으로 계획과 공부 성과를 기록하고 복습한다.

2008년 2월 8일

제목: 계승에 대한 문제

내가 재미있는 문제를 풀었다. 계승에 관한 문제인데, 2!이 있을 때(이때 !은 계승을 나타내는 기호다.) 2!는 1×2랑 똑같고 4!는 $1 \times 2 \times 3 \times 4$랑 똑같다. 또 n!과 n+1!이 있을 때 n+1!=n!(n+1)이다. 문제는 1!부터 100!까지 다 더하면 ~

(생략)

셋째, 화이트보드를 마련해 공부한 개념을 재정리하게 했다.

재형이는 무엇이든 새로 알게 되면 화이트보드에 써 보이며 엄마와 아빠에게 설명한다. 읽거나 배운 것을 화이트보드에 적어 설명하면서 다시 한 번 자기 것으로 익히는 것으로, 일기 쓰기에서 습득된 또 다른 학습 방법이다.

"아빠, 여기 보세요. 이제부터 제가 극한에 대한 문제를 증명하도록 하겠습니다."

화이트보드 앞에 선 열 살 선생님은 짐짓 노련한 선생님인 듯 설명을 하기 시작한다. 다른 식구들은 모두 잠자리에 든 밤 열 시, 조용히 열리는 강의실에 학생은 아내와 나, 단둘뿐이다. 아이는 대학교 2학년 교재에 나오는 '극한에 대한 대수적 성질' 증명 문제를 참고서 형식으로 간단하게 요약해서 증명한다. 얼핏 듣기에도 포인트만 집어서 설명한다는 걸 알 것 같다.

"이 값이 여기 속할 수 없다는 말이잖아요. 맞죠?"

"그래. 맞다 치고, 네 생각은 뭔데?"

우리는 내용을 이해할 수 없어 안타까울 뿐이다.

재형이는 수학계의 노벨상이라 불리는 필드 상을 목표로 오늘도 토끼눈을 하고 책에 흠뻑 빠져 있다. 키가 자라지 않을까 봐 늘 노심초사하는 엄마, 아빠 마음 좀 알아 주었으면 좋겠다.

내가 수학책에서 이상한 것을 봤다. 1≠1이라는 것이었다. 왜냐하면 1=3/3이고 1/3×3=3/3, 즉 1인데 1/3=0.3이니까 0.3×3=3/3, 1, 0.3×3=0.9, 0.9=3/3=1 ∴ 0.9=1이라는 것이었다. 또 1=2라는 것도 있었는데 지금은 못 찾겠어서 안 적겠다. 아무튼 수학과 과학은 참 신기한 학문이다.

그런데 △△ 이렇게 생긴 바퀴하고 사각형 모양으로 생긴 바퀴도 굴러갈 수 있다는 것이었다. 길이

이런 식으로 되면 되는 것이다.

또 나는 분수의 나눗셈을 할 때 짜증나면 역수로 바꿔서 곱해버린다. 역수는 수 X가 있으면 X의 역수는 1/X이 되는 것이다. X×1/X=1이니까 역수가 맞다. 그 수와 그 수의 역수를 곱했을 때 1이 나와야 한다. 그리고 내가 좋아하는 건 집합이다.

문제 중에 (A B) 가 A∗B일 때 B∗(A∗B)를 하시오란 문제가 있었다. 위의 그림은 (A∪B)-(A∩B)니까 A∗B=(A∪B)-(A∪B)다. B∗(A∪B)-(A∩B)에서 B를 A(A∪B)-(A∩B)를 B라고 생각하면 B∪{(A∪B)-(A∩B)}-B∩{(A∪B)-(A∩B)}이다. 위의 그림에다 B를 합치면 A-B 부분은 그대로 있고 A∩B 부분은 생겨나니까 B∪{(A∪B)-(A∩B)}=A∪B이고 그 다음은 A-B다. (A∪B)-(A-B)=A. 답은 A이다.

내가 수학책에서 이상한 것을 봤다. 1≠1 이라는 것이었다.
왜냐하면 $1=\frac{3}{3}$이고 $\frac{3}{3}=3\times3=\frac{3}{3}$, 즉 1인데 $\frac{1}{3}=0.3$이니까 $0.3\times3=\frac{3}{3}$, 1, $0.3\times3=0.9$, $0.9=\frac{3}{3}=1$ ∴ $0.9=1$ 이라는 것이었다.
또 1=2 라는 것도 봤었는데 지금은 못 찾겠어서 안 적겠다. 아무튼 수학과 과학은 참 신기한 학문이다.
그런데 ⌂ 이렇게 생긴 바퀴하고 사각형 모양으로 생긴 바퀴도 굴러갈수 있다는 것이었다. 길이

이런식으로 되면되는 것이다.
또나는 분수의 나눗셈을 할때 ÷자 즉 나누면 역수로바꿔서 곱해버린다. 역수는 수 x 가있으면 x의역수는 $\frac{1}{x}$ 이되는 것이다.
$x\times\frac{1}{x}=1$ 이니까 역수가 맞다. 그수와 그수의 역수를 곱했을때 1이 나와야 한다. 그리고 내가 좋아하는 건 집합이다.
문제중에

가 A*B 일때 B*(A*B) 를 하시오라는
문제가있었다. 위의그림은 $(A\cup B)-(A\cap B)$ 4가 $A*B=(A\cup B)-(A\cap B)$다. $B*(A\cup B)-(A\cap B)$ 에서 B를 A $(A\cup B)-(A\cap B)$를
B 라고 생각하면 $B\cup\{(A\cup B)-(A\cap B)\}-B\cap\{(A\cup B)-(A\cap B)\}$ 이다. 위의 그림에다 B를 합치면 A-B부분은 가려지고 A∩B
부분은 생겨나니까 $B\cup\{(A\cup B)-(A\cap B)\}=$ $A\cup B$이고 그다음 A-B다.
$(A\cup B)-(A-B)=A$ 답은 A이다.

아이와
서점 이용하기

01 서점에서 장난감을 사 주었다

서점에 가면 아이에게 뭘 갖고 싶냐고 물었다. 서점은 책도 있고 사고 싶은 장난감도 있는 즐거운 곳이라는 인식을 심어 준 것이다.

02 감탄사를 사용했다

서점 전체를 돌아본 다음 아이가 관심 없는 책을 권하고 싶을 때는 '와, 이 책 너무 재미있겠다!' 하는 식으로 감탄사를 연발했다.

03 아이의 호기심을 불러일으켰다

아이가 책을 못 고를 때는 우리가 원하는 코너에 머무르면서 아이의 호기심을 불러일으켰다. 목차를 설명해 주면서 관심을 끌면 아이도 우리가 고른 책에 관심을 보였기 때문이다.

04 제목이 이색적이거나 재미있는 책을 보여 주었다

아이가 관심을 갖고 있는 분야의 정보를 찾은 다음 제목이 이색적이거나 재미있는 책을 아이에게 권했다.

05 문제집을 직접 고르게 했다

아이에게 직접 문제집을 고르게 했는데, 아이가 선택권을 가지고 산 문제집이어
야 공부에 대한 흥미를 갖는다는 걸 알았기 때문이다. 아이는 자기가 고른 문제
집은 책임감을 갖고 끝까지 다 풀었다.

PART2

재형이가 영재 판정을 받던 날 마치 세상을 다 얻은 기분이었다. 아내와 손을 잡고 '가문의 영광'이라며 한껏 기뻐했다. 하지만 기쁨도 잠시, 넉넉하지 못한 살림을 이유로 아이가 기회를 포기해야 할 때마다 아이의 눈물만큼이나 나의 심장에도 커다랗게 생채기가 생겼다. 그렇다고 환경 탓만 하며 아이의 재능을 그대로 썩힐 수는 없었다. 나는 회사에서 가불을 해서라도 아이가 읽고 싶어 하는 전집을 사 주었고, 결혼 패물을 팔아 영재 교육원에 수업 들으러 가는 교통비를 마련했다. 몇몇 사람들은 나에게 미쳤다고 했고, 몇몇은 어깨를 두드리며 응원해 주었다.

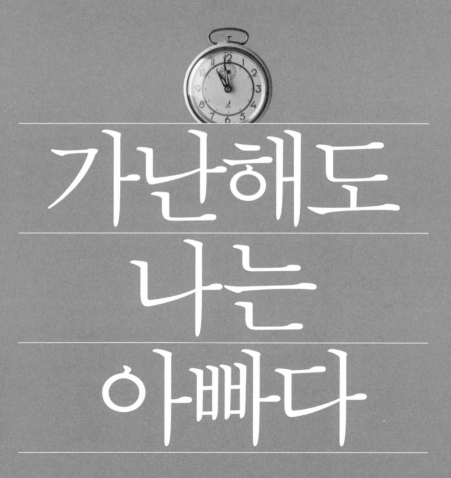

가난해도
나는
아빠다

전집을
외상으로 읽다

재형이가 태어나자 나는 무슨 욕심이 생겼던지 안 하던 사업을 시작했다. 자금도 넉넉하지 못했다. 생활비는 몸조리도 못 끝 낸 아내가 근처 노인요양병원 식당에서 손이 짓무르게 일을 해 마련했다. 결국 사업에서 크게 손해를 보았고 나와 아내는 하루아침에 신용불량자가 되었다. 하루하루 이자가 눈덩이처럼 불어 갔고, 연체가 계속되었다. 그러자 차압이 들어왔다.

"선생님, 제발 빨간 딱지는 아이들 눈에 띄지 않는 곳에 붙여 주세요. 부탁입니다."

부끄러운 아빠의 모습을 그렇게라도 감추고 싶었다.

우리 부부는 어렵게 보증금 1백만 원에 월 30만 원하는 원룸을 구해 늦은 밤 도망치듯 이사했다.

아내는 젖먹이 아이를 보살폈고, 나는 닥치는 대로 일을 했다. 몸은 고달

팠지만 가족이 기다리는 집으로 가는 길엔 가슴이 뿌듯했다. 가족이 함께 있는데 뭐가 문제인가. 무엇보다 나의 아내는 세상을 긍정적으로 바라보는 지혜로운 눈을 가진 사람이었다.

"단칸방에 살게 된 거 차라리 잘된 일 같아요. 아이들과 종일 붙어 있으니까 하루가 어떻게 지나는지도 모르겠어요."

나 역시 초롱초롱 빛나는 아이들과 눈을 맞추며 이야기하는 짧은 시간이 금쪽같이 느껴졌다.

"그런데 여보, 우리 재형이 말이에요. 배가 고플 때 말고는 잘 안 울어요."

재형이는 정말 이상했다. 일부러 흔들어 깨우지 않는 한 울지도 보채지도 않았다. 뒤집기와 기기를 건너뛰고 곧바로 일어나 앉았고, 얼마 후 거짓말처럼 걸음마를 시작했다. 그리고 그때부터 손짓으로 주위 사물을 가리키며 쉴 새 없이 옹알거렸다. 5개월이 되었을 때는 퇴근해 돌아온 나를 가리키며 '아빠.' 하고 말했다. 순간 난 가슴이 쿵쿵거렸다. 그리고 결심했다. 이 아이가 원하는 일이라면 무엇이든 해 주겠다고.

시간이 흘러 마법과도 같은 '아빠' 소리는 '책'으로 바뀌었고, 나는 여전히 아이의 밝은 눈빛과 목소리에 꼼짝도 못 한다.

허공에 쓴 '아빠'라는 글자

"아빠, 자동차는 역사를 가졌어요. 자동차를 보면 당시 시대상, 과학의 발달 정도를 알 수 있어요."

20개월부터 재형이는 헌책방에서 구해 온 다양한 전문 서적을 섭렵했다. 그리고 유독 자동차 전문 잡지를 집중적으로 읽기 시작했다. 좋아하고 관심 있는 사물이나 책을 볼 때 재형이의 눈빛은 아이의 눈이라 생각하기 어려울 정도로 진지해진다. 마니아처럼 집중력을 보이는 것이다.

다섯 살이 되었을 때, 어떻게 하나 보려고 아이를 데리고 용인에 있는 자동차 박물관을 찾아갔다. 결과는 대만족이었다. 재형이는 쉐보레 자동차 앞에서 감탄의 눈길을 거두지 못했다. 그러자 아내는 재형이를 가졌을 때 꿈에서 사람들이 재형이를 바로 저런 눈빛으로 바라보았노라고 했다.

"꿈에 커다란 동굴에 들어갔는데, 사람들이 맑은 물에서 물고기를 잡고 있더라고요."

그날 저녁 아내는 밥을 푸면서 꿈 이야기를 해 주었다.

"작은 물고기가 굉장히 많더라고요. 고개를 빼고 동굴 안쪽을 보니 물속에 아주 커다란 물고기 한 마리가 있지 뭐예요. 다들 서로 잡겠다고 난리였죠. 하지만 내가 얼른 낚아채 끌어냈어요. 큰 물고기를 머리에 이고 동굴을 나서는데 사람들이 얼마나 감탄하며 부러워하던지……."

재형이는 그렇게 우리에게 왔고, 또래와 다른 엉뚱한 말과 행동으로 우리를 행복하게 해 주었다.

하루는 사무실에서 팀원들끼리 도면을 펼쳐 놓은 채 머리를 맞대고 전기 배선 문제를 의논하고 있는데 전화가 왔다.

"여보, 재형이가 허공에 대고 손으로 글씨를 써요."

"17개월 된 아이가 무슨 글씨를 써."

아내 말에 껄껄껄 웃음만 나왔다.

"진짜라니까요. 손가락으로 엄마, 아빠라고 썼어요."

"그래, 알았어. 일단 바쁘니까 끊을게. 저녁에 보자."

아이가 옹알이를 시작하면 부모들은 너도 나도 내 아이가 말을 했다고 거짓말 아닌 거짓말을 하게 된다. 아마도 아이와 나눈 교감의 영향일 것이다. 겨우 돌 지난 지 5개월밖에 안 된 아기가 글씨를 쓴다고 믿다니, 그냥 웃음만 나왔다.

퇴근길에 나는 귤을 한 봉지 샀다. 껍질을 까서 아이 손에 쥐어 주면 냠죽냠죽 베어 무는 모습이 보고 싶었다. 하지만 현관에 들어서서 재형이와 반갑게 눈을 마주하는 순간 깜짝 놀라고 말았다. 아이가 나를 가리키더니 허공에 정확하게 '아빠'라고 썼기 때문이다!

"당신, 작은애한테 한글 가르쳤어?"

"아니, 전혀요."

아내와 나는 천진한 아이의 얼굴을 들여다보며 '글자를 어떻게 알았을까?' 하는 생각만 했다. 아무리 둘러봐도 아이가 뭔가를 익힐 수 있는 거라고는, 지연이를 위해 벽에 붙여 놓은 한글 자음과 모음, 숫자 10까지 적혀 있는 큰 포스터 두 장이 전부였다.

며칠이 지나 또 회사로 전화가 걸려왔다. 아내였다.

"여보, 재형이가 글씨를 읽어요!"

이번에는 아내의 말을 경청했다.

"지연이가 보는 그림책 제목을 막 읽어요. 곰돌이가 나오는《숲속 마을 사람들》있잖아요."

아무래도 믿기지 않아 이번에는 퇴근길에 문구점에 들러 아이큐 퍼즐과 화이트보드를 샀다. 그리고 일부러 어려운 단어를 보여 주며 물었다.

"저, 들, 의, 콩, 깍, 지, 는, 깐, 콩, 깍, 지, 냐, 안, 깐, 콩, 깍, 지, 냐."

신기한 일이었다. 옹알이를 유난히 잘하더니 한글 읽는 속도가 빠른 것 같았다. 녀석은 두 살 위 누나보다 앞선 실력으로 또박또박 막힘없이 읽었다.

"재형이, 참 잘했어요. 그럼 글씨도 한번 써 볼래?"

화이트보드와 펜을 주자 아이는 내가 불러 주는 글자를 삐뚤삐뚤 거의 완벽하게 받아 적었다. 일반적으로 17개월에 아이들은 말을 배우기 시작한다. 그런데 재형이는 이 시점에 한글을 스스로 깨쳤다.

그때부터 재형이의 얼굴과 손등, 옷 앞섶은 항상 크레파스와 펜이 묻어 있었다. 언제나 글씨를 쓰고 그림을 그렸다. 아내는 일부러 신문지나 재활용 종이를 번갈아 가며 크게 붙여 주어 낙서할 공간을 마련해 주었다. 그리고 재형이는 벽면과 스케치북을 놀이터삼아 한글 삼매경에 빠져 20개월부터는 책을 읽기 시작했다.

퇴근을 하고 돌아오니 아내가 여섯 식구 식사를 준비하고 있었다. 서둘러 씻고 6개월 된 서준이에게 말을 건넸다.

"우리 서준이 배고파요? 밥 먹을까요?"

곁에 셋째 민주가 바짝 붙어 아빠와 반갑게 눈을 맞추며 인사를 했다.

"민주야, 서준이 뭐 먹지?"

아내가 간을 맞추다가 호응을 했다.

"엄마, 모유 먹지? 그렇지?"

"민주도 엄마 모유 먹었던 거 기억나요?"

우리 부부는 아이들과 '완전한 문장'으로 말하는 걸 원칙으로 한다. '물!' 하는 식으로 말하면 아이를 불러다 앉혀 놓고 '다시 잘 말해 보자.' 하면서 제대로 할 때까지 짚어 주는 것이다.

"물 주세요."

"다시."

"목이 말라요."

"다시."

"엄마, 저 목이 말라요. 물을 마시고 싶어요."

이렇게 완전한 문장이 입에서 나오면 머리를 쓰다듬어 주며 아이가 좋아하는 컵에 물을 따라 주었다. 어린아이들에게 완전한 문장으로 말하는 습관을 들이려니 많은 노력과 시간이 필요했다. 아내와 나는 인내와 경청의 힘으로 아이가 말을 끝까지 문장으로 만들기를 기다렸다가 제대로 완성했을 때 칭찬을 듬뿍 해 주었다.

아내는 심부름 하나를 시켜도 정확하게 지시했다.

"엄마 방 서랍 위 오른쪽에 있는 리모컨을 가져와라."

그래서일까, 재형이는 말을 하고 알아듣는 속도가 또래에 비해 빨랐다.

언제부터인가 나는 아이의 어휘 습득력을 높이는 데 '맘마, 까까, 쉬, 찌찌'와 같은 유아어는 전혀 도움이 안 된다는 생각이 들었다. '할무이, 형아' 같은 호칭도 마찬가지다. 아주 어려서부터 올바른 이름과 호칭을 사용하도록 습관을 들이고 표준어와 완성도 높은 문장을 사용할수록 새로운 단어를 빨리 습득할 수 있지 않을까 싶었다.

그리고 아이나 청소년, 어른 모두 똑같은 인격체이니 항상 말을 정확하게 써야 한다는 생각도 들었다. 그래서 우리 아이들에게 정확한 단어를 사용하도록 했다. 나중에 알았는데, 전문가들도 유아어를 많이 쓰는 아이일수록 언어를 습득하는 데 오래 걸린다고 생각하고 있었다.

사실 정확한 발음과 완벽한 문장에 관한 나의 집착은 가족사에서 비롯되었다.

나의 부모님은 모두 청각장애 1급이었다. 어머니는 어린 날 홍역을 심하게 앓아 영영 제대로 듣지도 말을 하지도 못했다. 그래서 단 한 번도 어머니와 속을 터놓고 이야기를 나눈 적이 없다. 어린 날의 기억이라고는 늦은 저녁 힘들게 일을 하고 들어온 어머니가 저녁상을 차리면 말없이 둘러앉아 텔레비전을 보며 밥을 먹던 모습이 전부다.

눈빛과 몸짓만으로 의미를 짐작해야 했기 때문에 나에게는 완벽한 소통에 대한 갈증이 있었다. 그래서 가정을 꾸리고 나서 아이들과 함께하는 시간을 최우선으로 했다. 가족이 속을 터놓고 대화하는 것을 가장 큰 미덕으로 삼은 것이다.

아이는 엄마, 아빠와 나누는 대화를 통해 어떤 어휘를 써야 할지 알게 된다. 상황에 맞는 적절한 단어 선택, 재미있는 단어를 통한 반복 학습이 중요하다.

언어 전문가는 내가 아이에게 정확한 어휘를 쓴 것이 아이의 사고력과 언어 능력에 보이지 않게 많은 영향을 주었다고 평가했다.

창작동화 전집을 들이다

재형이는 네 살 때부터 입만 열면 '책, 책' 하고 노래했다. 어쩌다가 책이 많은 이웃집이나 도서관에 가면 책장 앞에서 입을 크게 벌린 채 올려다보기 바빴다. 그렇게 눈으로 감상이 끝나면 성큼성큼 다가가 고사리 같은 손으로 책을 꺼내 정신없이 읽어내려 갔다.

"아빠, 우리 집에도 책이 많았으면 좋겠어요."

예나 지금이나 재형이 입에서 이 말이 나올 때마다 가슴이 내려앉는다. 다른 집은 아무리 책을 쌓아 놔도 아이들이 읽지 않아 난리라는데, 재형이는 읽을 책이 없어서 난리였다.

"그래, 어떤 책을 읽고 싶니?"

내가 묻자 재형이는 방긋 웃으며 호주머니에서 꼬깃꼬깃해진 쪽지를 꺼내 보였다. 신문에서 오려낸 어린이 창작동화 전집 광고였다. 얼마나 보고 싶었으면 따로 찢어 두었을까 싶어 기특하기도 하고, 애잔하기도 했다.

"재형아, 사 줄게. 아빠가 꼭 사 줄게."

"정말이요? 언제요?"

"토요일 날 꼭 사 줄게."

녀석은 기분이 좋아 내 귀를 잡더니 뽀뽀를 해 주었다.

며칠 뒤 토요일, 여느 때처럼 퇴근을 하고 돌아오니 재형이가 문 앞에 쪼그리고 앉아 있었다.

"아빠, 책은요?"

아뿔싸! 나는 바쁜 일상에 치여 아이의 달콤한 뽀뽀와 그 의미를 까맣게 잊고 있었다. 나는 책을 사지 못했고 그럴 형편도 아니었다. 통장에 월급이 들어오길 기다렸다가 빠르게 빠져나가는 밀린 공과금과 이자 따위로 아내에게 생활비도 제대로 갖다 준 기억이 거의 없었다. 이런 상황에서 비싼 전집을 사 주겠다는 건 애당초 터무니없는 약속이었다.

아내는 재형이의 궂은 표정을 보다 못 했는지 나에게 속삭였다.

"당신, 지키지도 못할 약속을 왜 해요? 애가 문밖에서 얼마나 기다렸는지 알아요?"

하루 종일 아빠가 퇴근하기만을 기다렸을 아이를 생각하자 앞뒤 안 가리고 약속한 나 자신에게 화가 났다.

"재형아, 미안해. 아빠가 약속을 잊고 책을 못 샀어. 다음엔 꼭 사 올게."

재형이는 눈물을 글썽거리며 방으로 들어갔다. 네 살 난 아이가 이불을 덮고 소리 없이 흐느끼는 모습을 지켜보노라니 덩달아 눈물이 났다. 사실 우리 집 아이들은 어려서부터 떼를 잘 쓰지 않는다. 아빠의 형편을 알아서일까, 마트에서 좋아하는 자동차 장난감을 발견해도 한두 시간 내내 눈으로 구경만 하지 사 달라고 하지 않는다. 오히려 사 준다고 하면 싫다고 하고 책을 사 달라고 한다.

아이를 울린 죄로 그날 한숨도 잘 수가 없었다. 무엇보다 어린 재형이가 나이답지 않게 혼자 감정을 다스리는 모습을 보니 견딜 수가 없었다. 나는 다음날 도서 할인매장으로 달려갔다. 처음 찾은 매장에서 다짜고짜 사장님을 찾았다.

"사장님, 두 달에 걸쳐 분납하는 조건으로 구입하면 안 될까요?"

아이 생각에 창피하다는 생각도 들지 않았다. 나는 당시 신용불용자라서 카드를 사용할 수가 없었기 때문이다. 매장 주인은 주민등록증을 복사하고 직장과 집 주소를 모두 확인한 뒤, 나의 부탁을 들어 주었다. 책값은 모두 50만 원, 한 달에 25만 원씩 갚기로 했다.

책을 안고 집에 들어서니 아니나 다를까, 물 만난 물고기처럼 재형이 얼굴에 생기가 돌았다.

"재형아, 어제는 아빠가 장난친 거야. 우리 재형이 많이 속상했지? 아빠가 이번에는 약속 꼭 지키려고 했어. 놀랐지?"

재형이는 전혀 내 말을 듣지 않고 있었다. 아니, 들리지 않았다. 녀석은 책을 한 권, 한 권 펼쳐 놓으며 입을 다물지 못했다.

재형이의 일기

2008년 9월 7일 금요일

오늘은 세상에서 제일 꼬질꼬질한 과학책을 봤는데

그 중에서도 유충, 해충, 구충 이런 게 제일 징그러웠다.

그리고 오늘 내가 이야기를 지었는데, '말썽꾸러기 톰'이라는 이야기였다.

그 내용은 톰이 어렸을 땐 말썽꾸러기였지만

늙어서는 후회만 하다가 죽는다는 이야기였다.

벌칙과
엄마의 깜찍한
상상

아이의 잘못된 습관을 바로 잡아 주는 일은 참 어렵고 힘들다. 재형이 역시 낮밤 구분 없이 자신이 좋아하는 책 읽기만 고집했고, 나와 아내는 그 버릇을 고쳐 주기 위해 무던히 노력했다. 그리고 끊임없이 지적한 덕에 이제는 자신이 원하는 일만 하면서 세상을 살 수 없다는 것, 일상에도 지켜야 할 원칙이 있다는 걸 어느 정도 눈치 챘다.

전래동화 속 호랑이가 곶감을 무서워한다면 재형이는 부모의 '불 끄고 자라.'는 소리를 가장 두려워했다. 재형이는 어린이집에 가게 되면서 이상 행동을 보였다. 원하는 만큼 책을 충분히 읽지 못하게 되었기 때문이다. 나와 아내는 한 발 양보했고, 재형이의 이상 행동도 멈추었다.

재형이가 가장 무서워하는 말

어린이집에 다니지 않을 때, 재형이의 놀이터는 서점이었다. 거의 매일 서점에서 놀다 집에 돌아와 또 책을 읽다가 새벽 서너 시가 되어야 잠자리에 들었다. 혼자 내버려두면 거실에서 책을 보며 밤을 새울 때도 있었다. 하지만 재형이의 이런 천국 같은 시절도 마감을 할 때가 다가왔다. 주변의 목소리에 힘입어 두 아이 모두 어린이집에 보내기로 마음먹은 것이다. 물론 아이들의 의견을 존중하기 위해 우선 한 달만 보내 보기로 했다.

하루는 새벽에 작은 목소리가 들려 눈을 떴다. 거실에서 아내와 재형이가 작은 소리로 소곤거리고 있었다.

"재형아, 피곤한데 이제 들어가서 잘까?"

"엄마, 졸려요? 잠이 오면 엄마 먼저 들어가 주무세요. 저는 책 좀 더 보다가 잠이 오면 엄마 옆에 누워 잘게요."

새벽 두 시였다. 기특하기도 하지만 아이의 성장 발육에 이상이 올까 봐 걱정이 되었다. 이 정도에서는 아빠가 나서서 상황을 정리해야 했다. 나는 일부러 낮은 목소리로 힘주어 말했다.

"재형아, 이제 책 그만 보고 자야지!"

재형이가 세상에서 가장 무서워하는 말은 '일찍 자라.'는 말이다. 이 말은 '책을 그만 봐라.'는 뜻이기도 했다. 아이가 기어들어가는 목소리로 부탁을 했다.

"조금만 더 읽다가 자면 안 돼요?"

"안 돼!"

"아빠, 엄마, 제발 부탁이에요."

몇 번 언성을 높였고, 결국 아이가 말을 듣지 않아 매를 들었다.

또래와 단체생활을 시키고 싶다는 욕심 때문이었다. 단체생활에서 사회성을 배우길 바란 것이다.

재형이의 잘못된 생활 패턴은 밤과 아침마다 언성을 높이게 만들었다. 늦게 잠자리에 들었으니 아침에 눈을 못 뜨는 건 당연했다. 늘 잠이 부족해 눈도 제대로 못 뜨고 울먹였다.

"아빠, 저 안 가면 안 될까요? 안 가고 싶어요."

매일 아침이 전쟁이었다. 나는 퇴근하기가 바쁘게 아이를 품에 안고 달래기 바빴다. 그러던 어느 날 재형이가 이상한 행동을 하기 시작했다.

"재형아, 왜 그래? 무슨 냄새가 나니?"

아이는 자꾸 자기 손은 물론이고 발과 옷을 끌어다가 냄새를 맡았다. 몇 번을 경고했지만 그럴수록 더욱 심해졌다. 눈을 질끈 감았다 뜨길 반복하고 눈동자를 360도로 돌렸다. 그러다 호흡 곤란이 왔을 때는 정신이 아득했다. 잘 시간이 되면 숨을 쉴 때마다 가슴이 아프다며 미간을 찌푸렸다. 숨을 못 쉬겠다는 말에 아이를 데리고 병원으로 내달렸다.

"스트레스성 틱 장애입니다."

그러면서 의사는 그저 아이를 편하게 해 주라고만 했다.

나는 가슴이 철렁 내려앉았다.

"장애라고요?"

"크게 걱정하실 필요는 없습니다. 일시적인 현상이에요. 아이가 하고 싶어 하는 것을 못하게 막지만 말고 조금씩 허용해 주는 것이 좋습니다."

틱은 자신도 모르게 얼굴이나 목, 어깨, 몸통 등의 신체 일부를 빠르게 반복해 움직이거나 이상한 소리를 내는 증상이다.

병원에서 돌아오는 길에 나는 재형이와 동네 놀이터에 앉아 진지하게 이야기를 나누었다. 재형이는 여전히 눈을 깜빡깜빡하고 있었다.

"재형아, 네가 정말 하고 싶은 게 뭐니?"

"책을 멈추지 않고 실컷 보고 싶어요."

"너무 늦게 자면 키가 안 크는데 그래도 좋아?"

아이가 가만히 제 발을 내려다보며 작게 한숨을 쉬었다. 고민을 하는 모양이었다.

"그럼 너무 늦게까지는 안 볼게요."

"정말 그럴 수 있겠니? 약속, 꼭 지켜야 한다."

사나이 대 사나이끼리 새끼손가락을 걸고 밤 열두 시까지만 책을 보기로 약속했다. 하지만 쉽게 지켜질 약속이 아니라는 걸 재형이도 나도 알고 있었다. 재형이는 책을 손에 쥐는 순간, 아무 소리도 듣지 못하고 시간조차 인식하지 못하기 때문이다.

"빰빰빠-빠-빠……."

밤 열두 시를 알리는 알람 소리가 크게 울렸지만 책을 붙든 재형이는 미동도 하지 않았다. 전혀 못 듣는 듯했다. 오히려 열 시에 잠들었던 지연이가 알람 소리에 놀라 일어났다.

일찍 재우자니 스트레스가 문제고, 내버려두자니 도무지 잠을 자지 않고……. 모든 게 원점이었다. 다시 재형이는 늦은 새벽까지 독서삼매경에 빠졌다. 나도 아내도 두 손을 번쩍 들었다. 항복!

"그래, 아빠가 졌다. 아빠가 졌어. 읽고 싶은 만큼 실컷 읽어."

"정말이요? 고마워요, 아빠!"

재형이는 마음이 푹 놓이는지 엄마가 깎아 놓은 사과를 크게 베어 물며 다시 책에 얼굴을 파묻었다.

이틀쯤 지나면서 재형이의 스트레스 틱 장애는 점점 사라지기 시작했다. 하지만 우리 부부의 딜레마는 여전했다.

"어떻게든 일찍 자는 습관을 들여야 해요. 키도 안 크고, 비쩍 마르고, 체력도 약해지면 어떡해요?"

"재형이가 저렇게 간절히 읽고 싶어하니까 당분간은 원하는 대로 해주자."

아내는 어린아이가 새벽 서너 시까지 혼자 깨어 있다는 사실을 쉽게 받아들이지 못했다. 게다가 재형이는 일주일에 한두 번씩 밤을 새워 가며 책을 읽느라 시력도 떨어지고 있었다. 나는 아침마다 언제 터질지 모르는 다이너마이트를 집에 두고 출근하는 기분이었다.

2006년 6월 23일

Mom is angry.

My mom was angry today. But I think I do my work well.

I want to ask why do you mad?

I can't understand that why mom's angry.

엄마가 화났다.

엄마가 오늘은 화가 났다. 하지만 나는 나의 일을 잘했다.

엄마에게 왜 화났는지 물어볼까?

난 엄마가 왜 화났는지 이해할 수 없다.

재형이의 슬럼프

"여보, 재형이가 이상해요. 밥도 잘 안 먹고 책도 통 안 읽어요."

"감기 걸린 거 아냐?"

방에 멍 하니 앉아 있는 재형이에게 다가가 이마를 짚어 보았다. 열은 없
는데 왠지 생기가 없었다. 생각해 보니 말수가 눈에 띄게 줄고 반짝반짝하
던 눈빛도 사라졌다.

"재형아, 기분이 안 좋아? 무슨 일인지 아빠한테 얘기해 줄 수 있겠니?"

아무리 물어봐도 대답이 없었다. 신나게 책을 보고 그림을 그리고 이 서점, 저 서점 돌아다니며 즐거워하던 평소의 재형이가 아니었다. 온 종일 입을 열지 않고 어깨도 축 쳐진 채 하루를 보낸다고 했다. 그런 아이를 바라보며 아내와 나의 고민도 깊어졌다.

아이가 통 입을 열지 않으니 해결책을 찾기가 힘들었다. 재형이도 이유를 모르는 듯했다. 하지만 잘은 몰라도 책 때문일 것 같았다. 어린이 책, 어른 책 할 것 없이 이것저것 가리지 않고 읽다가 어느 순간 머릿속에서 풀리지 않는 의문을 만났을지도 모르기 때문이다. 여느 때처럼 읽고 또 읽어서 의문을 해소하려다 난관에 부닥친 것이 아닐까도 싶었다.

언젠가 직장 동료에게서 비슷한 말을 들은 적이 있다. 어린아이가 이야기책에서 작중 인물의 죽음을 만났다고 한다. 아이는 이때부터 '죽음'이란 주제에 매달렸다. '사람은 모두 죽는다.'는 사실을 받아들이기 어려웠는지 심한 우울증에 빠졌다고 한다. 물론 시간이 흐르면서 자연스럽게 해결되었다고 했다. 그런데 재형이의 경우는 좀 다른 것 같았다.

재형이의 우울증은 한 달쯤 계속되었다. 이제 온 식구가 재형이 걱정으로 하루를 보냈다. 직장에서도 일이 손에 잡히지 않아 틈틈이 확인 전화를 했고 아내 역시 말도 아니게 야위었다.

그런 어느 날 아내가 기발한 제안을 했다. 일종의 역할극인데 재형이에게 말이 통하는 가상의 친구를 만들어 주자는 것이었다. 재형이의 증상을 보다 못 해 열심히 인터넷과 사이트를 검색하다가 발견한 치료 방법이라고 했다. 나는 말도 안 되는 소리라며 반박했다. 엄마를 어떻게 다른 친구라고 생각하고 속마음을 터놓을 수가 있느냐고 말이다. 하지만 다음날부터 밤 열 시가 되면 재형이의 새로운 친구가 엄마의 몸을 빌려 나타나는 '친구 타임'이 시작되었다.

아내가 생각해 낸 '친구 타임'

"재형아, 안녕? 난 안드로메다에서 온 M-320이라고 해. 우리 친하게 지내자. 응?"

아내의 연기는 정말 그럴 듯했다. 배우처럼 목소리 톤을 약간씩 바꿔 가며 외계에서 온 친구처럼 재형이를 대했다. 재형이의 눈에 서서히 빛이 나기 시작했다. 관심이 있다는 증거였다.

"엄마, 왜 그래요?"

"아니, 아니! 난 엄마가 아니라 M-320이라니까. 우리 친구하자, 친구. 응?"

아내의 집요한 연기에 재형이도 서서히 반응하기 시작했다.

"안녕, 나는 김재형이라고 해. 그런데 넌 어느 별에서 왔니?"

"응, 나는 멀리 안드로메다 은하계에서 왔어."

나는 아내와 재형이의 대화를 흥미롭게 경청했다. 전혀 입을 열지 않던 아이가 이야기를 시작했다는 것만으로 일단 안심이 됐다.

"여보, 당신 말 듣기를 잘한 것 같아. 아이가 말문을 열었어."

나는 성공적으로 아이의 마음을 얻은 아내, 아니 M-320의 어깨를 주물러 주었다.

"휴우, 앞으로 또 어떤 역할을 하게 될지 겁나요."

역할극은 안방에서 아내와 재형이 둘이 있을 때 이루어졌고, 시간이 되면 재형이는 방에서 엄마를 기다렸다. 재형이는 하루 일과를 가지고 상상 친구와 놀이처럼 주고받는 대화 시간을 부쩍 기다렸고, 아내는 아이의 기다림을 적절하게 활용했다.

"왜 이제 왔어? 빨리 오지. 기다렸잖아."

"네가 마음을 곱게 쓰면 일찍 올 거야. 오늘처럼 누나와 싸우면 늦게 찾아올 거야."

그렇게 아내의 '친구 타임'은 날마다 계속되었다. 재형이는 밤 열 시만 되면 엄마를 뚫어지게 바라보며, 친구가 왔는지 물어보았다. 아내는 걸레질을 하다가도, 배추를 절이다가도 시간이 되면 재형이만의 친구가 되어 이런저런 질문을 주고받고, 재형이의 일상을 들어 주었다.

재형이가 친구의 존재를 반기면서 생활에도 변화가 생겼다. 좋은 행동을 하면 친구가 먼 거리지만 자주 찾아온다고 생각하는 것 같았다. 덕분에 언제 그랬냐는 듯 다시 예전의 모습으로 돌아왔다.

애초에 무슨 이유로 우울해졌는지 그 원인까지는 밝혀내지 못했지만 아이가 다시 명랑해졌다는 사실만으로도 충분히 만족스러웠다. 재형이는 생활의 안정을 찾으며 차츰 친구를 찾는 일이 잦아들었고, 지금은 상상 친구가 없다.

"당신, 연기 더 해 볼 생각 없어?"

이제 내가 농담을 건네면 아내는 웃으면서도 고개를 저으며 손사래를 친다.

아이가 슬럼프에 빠졌을 때 부모가 적절히 개입해야 한다. 어리다는 이유로 인격을 생각하지 않고 인형을 다루듯 했다면 재형이는 계속 입을 다물었거나 거짓으로 상황을 포장했을지도 모른다. 모래놀이나 그림 그리기, 악기 연주 등을 통해 아이의 힘든 상황을 충분히 개선할 수 있었던 게 얼마나 다행인지 모른다.

재형이의
일기

2008년 6월 12일 목요일

제목: 초능력, 텔레파시, 독심술, 염력

초능력이란 정신을 모아서 마구 신기한 것을 하는 것이다.

텔레파시는 정신을 모으고 멀리 떨어져 있는 사람의 생각을 읽는 것이다.

난 오늘 엄마랑 텔레파시가 하나 통했다.

염력은 물건을 손도 대지 않고 움직이는 것이다.

2008년 6월 12일 목요일	오늘의 날씨
어제 잠든 시간은? (시 분)	오늘 일어난 시간은? (시 분)

제목: 초능력, 텔레
파시, 독심술, 염력,
초능력이란 정신을 모아서
마구 신기한 것을 하는것이
다, 텔레파시는 정신을
모으고 멀리떨어져있는
사람의 생각을읽는 것이다,
난오늘 엄마랑텔레파지
가 하나 통했다,
염력은 물건을 손도 대지않고 움직이는것이다.

오늘의 착한일   오늘의 반성

PART2 가난해도 나는 아빠다_ **105**

바늘구멍 앞에
선 아이

지금까지 재형이가 언어 신동으로 알려지면서 여러 학자들을 만날 기회가 있었다. 그분들의 한결 같은 이야기는 '재형이가 지금 문 앞에 서 있다.'는 말이었다. 그 문을 열어 주면 아이는 무한히 발전할 거라고 했다. 재형이가 원하는 곳으로 통하는 문, 그 문턱을 넘어설 수 있다면 얼마나 좋을까?

하지만 그 문을 열고 들어서기 위해서는 개인의 노력만으로는 부족하다. 주위 환경이 든든하게 재형이가 능력을 발휘할 수 있도록 뒷받침해 줘야 한다. 물질적 지원이 전혀 없는 재형이는 지금까지 곧은 고속도로를 눈앞에 두고 형편이 어려워 멀리 돌아왔다고 할 수 있다. 영재 교육원도 비용 문제로 곧 그만두었다. 해외 연수도 가고 싶어 했고, 수학, 불어, 중국어, 일본어 수업도 듣고 싶어 했고, 과학 실험에도 참여하고 싶어 했지만 모두 비용이 만만치 않았다.

재형이와 우리 가족 모두의 소원은 재형이가 원하는 공부를 아무런 압박 없이, 눈치 안 보고 실컷 할 수 있는 것이다. 무엇보다 좋은 선생님을 찾아 주는 일이 시급하다. 아이가 간절히 원했지만 가난하기 때문에 공부를 포기시킬 수밖에 없었던 게 가슴 아프다. 그리고 어린 재형이가 힘든 상황을 감당하고 있다고 생각하면 마음이 초조해진다.

수호천사가 필요해

"재형이는 외국어를 열심히 하니까 나중에 언어학자가 되겠지?"

"아니요. 외국어는 그냥 취미예요."

"그럼 뭐가 제일 좋아?"

"저는 수학이 제일 좋아요."

나는 수시로 재형이가 무슨 꿈을 꾸는지, 무엇을 즐기며 어떤 미래를 희망하는지 점검한다. 아이들의 꿈은 자유롭게 변한다. 언제나 수학자가 꿈이라고 입버릇처럼 말하던 재형이의 꿈도 변했다.

밤이 되면 지연이와 재형이가 나를 가운데 두고 서로 함께 자겠다고 쟁탈전을 벌인다. 그날 재형이는 이마에 열이 좀 있다는 이유로 아빠를 가볍게 차지했다. 착한 지연이가 동생에게 양보했다는 걸 나는 잘 알고 있다. 아이들 모두 친척이 물려 준 낡고 깡충한 내복을 입을망정 속 알갱이만은 우애 있고 반듯하다.

그날도 평소처럼 재형이에게 팔베개를 해 주고 저녁 식사 때 끝내지 못한 이야기를 들어 주고 있었다.

"아빠, 저 꿈이 바뀌었어요. 이제 과학자가 꿈이에요."

"그래? 그런데 왜 수학이 싫어졌니?"

"수학은 혼자서 하기가 힘들어요. 문제를 풀어도 맞았는지 틀렸는지 알 수가 없어요."

"요즘 함수가 좋아졌는데, 이해가 잘 안 돼요. 이상한 용어가 많이 나와요."

재형이는 금방이라도 울음을 터트릴 기세로 우물쭈물하더니 고개를 숙이고 품으로 파고들었다. 나는 아이의 얼굴을 가만히 쓸어 주었다.

'가르칠 실력이 있다면 얼마나 좋을까?'

금연 중이었지만 옥상으로 올라가 당장 줄담배라도 피우고 싶었다. 아빠의 슬픈 눈을 보아서였을까, 잠시 후 재형이가 아무렇지도 않다는 듯 말했다.

"수학보다 과학이 쉬우니까 과학자를 먼저 하고, 그 다음에 수학자 할래요."

"우리 재형이가 많이 힘들구나. 아빠는 네가 수학자가 되건 과학자가 되건 언제나 꿈을 잃지 않고 노력하는 사람이 되었으면 좋겠어. 무엇이든 쉽게 이룰 수 있는 건 없거든. 힘든 과정이 지나면 꼭 소원을 이룰 수 있어. 지금 아빠는 너에게 많은 걸 해 줄 수 없지만 항상 널 응원한다. 언제나 밝은 우리 재형이가 그렇게만 해 줘도 아빠는 행복해. 앞으로 아빠랑 같이 고민하면서 조금씩 해결해 나가자. 아빠는 잘 모르지만 그래도 힘이 될 수 있도록 노력할게. 아빠는 재형이의 수호천사니까."

우리 부자는 서로 어깨를 부딪치고, 손가락으로 도장을 찍고, 다시 손바닥으로 복사를 하며 힘차게 파이팅을 외쳤다.

아직도 나는 재형이가 여섯 살 때 했던 보석 같은 말을 기억하고 있다.

"아빠, 수학은 말이 필요없어요. 외국어를 모르면 수학으로 말할 수 있어요. 저는 생각하고 증명하는 게 너무 행복해요."

또래 아이들이라면 초등학교에 들어갈 준비로 한창 사교육을 받고 있을 터인데 일곱 살이 된 재형이는 혼자 서점에서 수학책을 읽으며 호기심을 채웠다. 함께 공을 주고받을 상대가 필요한데 모든 과정을 책을 통해 순서를 무시하고 뚫고 나가는 중이었으니 힘이 안 든다면 거짓말일 것이다. 몇 달 전에는 수학 학원에 다니고 싶다고 어렵게 말을 꺼냈다.

재형이를 학원에 보내려면 지연이도 함께 보내야 한다는 게 우리 부부의 원칙이다. 하지만 도저히 두 아이를 학원에 보낼 형편이 아니었다. 이런 현실적인 문제에 부딪칠 때는 뒷덜미가 서늘하고 아득히 높은 절벽에 서 있는 느낌이다. 늘 녀석에게 용기를 잊지 말라는 말을 해 주듯, 누군가 내 등을 두드려 주며 똑같이 말해 준다면……

혼자 빌라 옥상에 올라 환하게 불 밝힌 시내를 바라보았다. 비구름이 꼈는지 달빛도 없었다. 월세 살면서 아이의 학원비를 걱정하며 담배 피우는 신용불량자 아빠들의 심정이 모두 나 같을 것이다.

밀린 은행대출이자와 전기 요금, 셋째 민주 기저귀 값이 당장 내가 해결해야 할 과제였다. 내가 술과 담배를 멀리하고 친구 모임을 피하는 이유는 가난하지만 아이들에게 최선을 다하는 모습을 보여 주고 싶기 때문이다. 세상의 모든 아빠는 아이들의 수호천사가 될 수 있다는 믿음이 나를 지켜 주었다.

2009년 11월 12일
제목: 수학
내가 수학을 어떻게 해서 좋아하게 되었는지 모르겠다.
다음에 생각해야지!

혼자 수학을 공부하는 게 어렵다고 씩씩거린 다음에도 아이의 일기장과 연습장은 수학에 관한 내용으로 가득했다. 혼자서 끙끙대며 푸는 날이 많지만 그저 포기하지 않고 끝까지 도전하는 게 대견했다.

어느 날 나는 어깨가 축 처진 재형이에게 《수학용어사전》을 안겨 주었다.

"아빠, 개념을 설명해 주는 단어가 영어와 한자로도 있어서 이해하기가 한결 쉬워요."

재형이는 뜻밖의 책 선물에 인디언 소리를 내며 내 주위를 깡충깡충 뛰어다녔다. 아이의 반응을 보니 전날 무겁게 깔렸던 비구름이 걷힌 기분이었다. 비록 직접적인 해결 방법은 아니지만, 책을 보다가 궁금증이 생겼을 때 금세 확인할 수 있게 되었으니 말이다. 아이가 개념을 확인하고, 정리할 수 있게 된다는 사실에 조금이나마 마음이 풀렸다.

재형이는 이렇듯 어려서부터 옥편과 국어사전, 영어사전, 수학용어사전 등을 활용해 궁금증을 해소하고 있다.

"아빠, 이건 무슨 책이에요?"

처음 두툼한 사전을 선물했을 때 재형이의 표정을 잊을 수가 없다.

"사전이야. 대부분의 영어 단어와 해석이 여기 다 들어 있어."

"정말이에요? 와, 그럼 이 책만 다 외우면 되겠네?"

"그래. 세상엔 수많은 책이 있고, 그 책들마다 전달하는 내용이 달라. 이 사전이 하는 역할을 잘 생각해 보면서 읽어."

재형이가 사전 찾는 방법을 익혀서 스스로 활용할 수 있을 즈음에는 아이의 행동 반경도 넓어졌다. 나는 아이가 갖고 다닐 수 있도록 전자사전을 마련해 주었다.

처음부터 전자사전을 마련해 주었다면 더 편했겠지만 아이 손에 별다른 이유 없이 선물을 쥐어 주어 정보의 가치를 모르게 하고 싶지 않았다. 번거롭지만 부수와 알파벳 순서를 직접 확인하는 과정에서 인내와 끈기를 기를 수도 있다고 믿었다.

나는 아이에게 사랑을 흠뻑 주지만 일관성 있고 엄격하게 훈육하는 편이다. 재형이가 원하는 책이나 선물을 갖기 위해서는 엄마, 아빠와 한 약속도 그만큼 잘 지켜야 한다. 그래서 아이는 쉽게 얻을 수 있는 게 없다는 걸 잘 알고 있다.

나와 아내는 10년째 용돈이 없다. 사람들은 외근을 나오면 반드시 집에 들러 점심을 해결하는 나를 짠돌이라고 부른다. 사람들이 짠돌이라고 부르더라도 그 돈을 아껴 아이들에게 동화책 한 권을 사 주는 게 더없이 행복하다.

영재 중의 영재

아내와 내가 부족한 경험치를 바탕으로 아이의 진로를 고민할 때도 왠지 우리 아이가 남다른 길을 갈 것 같다는 예감이 들었다. 마침 그때 주변에서 영재 테스트를 받아 보라고 했다.

"영재 테스트라니, 그게 뭡니까?"

처음 들어 보는 이야기였다. 하지만 이야기를 듣고부터 자꾸 관심이 갔다. 내 아이가 영재인지 여부가 궁금해서가 아니라 제 또래와는 다른 방식으로 성장하는 재형이를 위해 마땅한 대책을 세워야 했기 때문이다.

재형이가 갓 24개월을 넘길 무렵이었다. 우리는 인터넷으로 창원과 가까운 지역의 영재 교육원 전화번호를 검색해 상담을 청했다. 전화를 받은 사람은, 최소한 생후 30개월은 지나야 영재 테스트를 할 수 있다고 했다.

반년을 기다려 드디어 재형이가 30개월하고 1일째 되던 날, 우리는 김해에 있는 영재 교육원으로 달려갔다. 내친 김에 48개월 된 지연이도 검사를 받았다. 검사 결과 두 아이 모두 지능지수가 높게 나왔다.

"지연이는 연구실 수업을 받으면 되지만, 재형이 같은 경우에는 아무래도 심화 수업을 받아야 할 것 같아요."

상담 선생님이 말했다.

연구실 수업은 뭐고, 심화 수업은 또 뭔지 알 수가 없었다. 한 가지 분명한 것은 우리 아이들이 뭔가 특별한 교육을 받을 수 있는 지능을 갖추었다는 사실이었다. 하지만 이는 '만만치 않은 수업료'가 필요하다는 뜻이기도 했다. 나와 아내는 기쁜 것도 잠시, 너무도 혼란스러웠다. 없는 생활형편이 갑자기 좋아질 리가 없기 때문이었다.

영재 수업을 받게 해 주지 못하고 우물쭈물하는 사이 재형이가 서점에서 갈고 닦은 언어 실력이 입소문을 타고 퍼져 나갔는지, 급기야 방송에 출연하게 되었다. 점점 많은 방송 프로그램에 나가면서 여러 검사와 전문가를 만났다.

그 중에서 가장 기억에 남는 것은 FMRI 검사였다. 소아청소년과 및 소아신경과 전문의인 김영훈 박사의 지도 아래 일반 아동과 영재 아동 그리고 재형이가 검사실에서 한 시간쯤 문제를 푸는 동안 뇌 활성도를 측정하는 검사였다. '기능성 자기공명 영상'이라고도 부르는 것으로, 이 검사를 통하면 뇌를 얼마나 사용하는지 알 수 있다고 했다. 게다가 아이의 심리 상태와 판단력, 이해력까지 알 수가 있다고 했다.

문제 하나에 주어진 시간은 2초. 재형이의 동글동글 귀여운 두상이 모니터에 나타났다. 문 하나를 놓고 아이와 떨어져 있는 그 순간이 너무 길게 느껴졌다.

한 시간 후 아이가 검사실에서 나오더니 나를 끌어안았다. 문제를 다 풀지 못해서 아쉽다고 했다. 나는 괜찮다며 아이의 등을 두드려 주었다.

며칠 뒤 검사 결과가 나왔다. 일반 아이들과 영재 아이들 그리고 재형이의 결과를 나란히 펼쳐 놓은 김영훈 박사는 놀라움을 감추지 못했다.

"재형이는 두뇌 활성도가 아주 뛰어나군요."

나는 침을 꿀꺽 삼켰다.

"저기 재형이 뇌에 빨갛게 표시된 부위가 활성화, 즉 뇌를 사용한다는 증겁니다. 똑같은 문제를 푸는 동안 다른 아이들은 활성화된 요소가 거의 없는데, 재형이는 뇌의 회로를 많이 작동하네요."

그러면서 재형이의 잠재 능력이 높다고 했다. 이는 다시 말해서 재형이가 뇌를 많이 사용하고 깊이 사유한다는 증거라고 했다.

"재형이는 좌뇌와 우뇌를 골고루 사용할 뿐만 아니라 그 분포도 역시 다른 영재들보다 뛰어납니다. 정말 흔치 않은 결과예요. 재형이 아버님, 영재라도 10년이라는 기간 동안 충분히 잠재 능력을 사용하지 않으면 결국 평범한 아이로 살아가야 하는 거 아시죠? 부지런히 지원해 주세요."

기쁨은 아주 잠깐이었다. 곧 가슴 아픔과 두려움이 몰려오기 시작했다. 영특한 아이를 둔 신용불량자 아빠의 자리란 그런 것이다. 대학 문턱에도 못 가 본 아빠, 그리고 가난을 달고 사는 가장. 그런 내가 상위 1퍼센트 영재를 끌어안고 얼마나 오래 기뻐할 수 있었겠는가? 이 아이를 어떻게 키워내야 하나, 고민이 밀려왔다.

이번 검사를 시작으로 나와 아내는 자주 싸웠다. 아이가 원하는 전집을 마련하느라 한 달 생활비가 비기 일쑤였고, 원비가 밀려 영재 교육원 수업을 멈춘 적도 있었다. 하지만 내 아이들이 아빠의 무능함 때문에 꿈을 포기하는 일만큼은 없어야 했다. 아내 역시 주어진 상황에서 최선을 다했다. 인터넷을 통해 영재 아이를 둔 엄마들을 알게 되었고, 그 모임에 꼬박꼬박 나가 다른 엄마들의 경험담을 들었다. 그러나 시간이 지날수록 아내는 정보보다는 아픔을 더 많이 얻어 왔다.

"얘기를 듣다 보면 내가 참 한심하고 엄마 자격이 없는 것 같아요."

아내는 애써 눈물을 참아 가며 말했다.

교육 전문가처럼 아이들을 체계적으로 키우는 엄마들에 비해 자신은 아무것도 해 준 것이 없다고 했다. 이야기를 들어 보니 얼마짜리 영어 유치원에서 얼마의 효과를 보았는지, 어떤 어학연수에서 어떤 성과를 얻었는지 등과 같은 정보 나누는 일에 열성을 다하는 분위기였다. 나는 아내에게 모임에 나가지 말라고 했다. 그런 모임이라면 우리가 얻을 정보란 뻔했기 때문이다.

결혼반지를 팔아 교통비를 마련하다

재형이는 39개월부터 창원에서 대전에 있는 영재 교육원으로 수업을 받으러 다녔다. 새벽 다섯 시에 일어나 기차를 타는 힘든 여정이었다. 하지만 재형이는 대전에 간다고 하면 자다가도 벌떡 일어나 떠지지도 않는 눈으로 빙그레 웃었다. 공부에 대한 갈증을 그곳에서 얼마나 잘 풀고 있는지 느낄 수 있었다.

"재형아, 벌써 이부자리 정리 다 했니?"

"네. 오늘 대전 가는 날이잖아요."

대전에 수업 받으러 가는 날이면 지연이와 재형이는 뛸 듯이 좋아했다. 반면 왕복 교통비 걱정만으로 나의 걸음은 땅이 꺼질 듯 무거웠다.

아버지를 일찍 여읜 우리 형제는 홀어머니 손에서 자랐다. 바다에 나가 품을 파는 어머니는 아이들이 학교에 가져갈 준비물 살 돈을 아침마다 꾸러 다녔다. 하루 벌어 하루 두 끼를 먹는 가족에게 학용품과 준비물은 사치였던 것이다.

나 역시 그때의 어머니처럼 대전에 보낼 교통비가 없으면 여기저기 전화를 걸어 돈을 융통했다. 어떤 날은 출발 직전까지 기차표를 구하지 못할까 봐 발을 동동 굴렀다. 어느 날은 아침부터 전화 버튼을 눌러 입술이 부르트게 알아봤지만 마땅히 차비를 마련할 곳이 없었다. 이미 여기저기에서 돈을 꾸어 썼기 때문이다.

그 순간 아내가 손에 끼고 있던 결혼반지를 빼서 나에게 내밀었다. 말은 하지 않았지만 반드시 형편을 살펴 다시 찾아 달라는 눈빛이었다. 나는 전당포에 작은 다이아몬드 알을 맡기며 두 달 안에 꼭 찾으러 올 테니까 잘 보관해 달라고 신신당부했다.

한 번의 위기는 그렇게 넘겼지만, 나중에는 더 이상 전당포에 맡길 만한 게 없었다. 나는 아이들을 불러 모았다.

"애들아, 대전 가는 게 힘들진 않니? 새벽에 일어나서 가야 하는데, 많이 힘들면 우리 그냥 여기 창원에서 공부할 수 있는 방법을 알아볼까?"

솔직하게 말해야겠다는 생각은 굴뚝같았지만 이번에도 역시 핑계를 대고 말았다. 그런데 아이들의 반응이 예상보다 완강했다. 재형이는 눈물을 뚝뚝 흘리며 말했다.

"아빠, 다른 건 몰라도 대전에는 계속 가고 싶어요."

나도 눈물이 났다. 가만히 생각해 보니 아이들의 유일한 희망을 꺾으려 하고 있었다.

"애들아, 미안해. 아빠가 생각이 짧았던 것 같아. 다시는 그런 말 하지 않을게."

그 당시 대전 영재 교육원 수업은 두 아이의 탐구심을 채워 줄 유일한 기회였다. 하지만 그건 우리 가족에게만 해당했다. 그곳에 다니는 동안 여러 학부모와 만나면서 우리와 같은 절실한 마음을 가지고 이곳을 찾는 부모는 없다는 걸 알았기 때문이다. 아이들 대부분이 영재 교육원을 자신이 다니는 수많은 학원 가운데 한 곳으로 생각하고 있었다. 난 그만 충격을 받고 말았다. 우리에게는 이곳에 오는 일이 최고의 사치이자 주말여행이었지만 다른 이들에게는 별일 아니었던 것이다.

나와 아내는 주말이 다가올 때마다 다시는 대전에 가지 말자고 다짐했다. 하지만 아이들에게 차마 그 말을 할 수가 없었다. 우리는 차비를 마련해 또 대전으로 갔다.

맹모삼천지교, 우리도 한다

어느 날 재형이를 불러 놓고 말했다.

"재형아, 우리 대전으로 이사 갈까?"

"정말이요? 그래도 돼요?"

"그럼. 재형이가 정말 원한다면 말이야."

한 달 교통비가 생활비를 앞지르자 특단의 조치가 필요했다. 아내와 상의 끝에 직장을 그만두고 대전에서 새롭게 다시 시작하기로 했다. 대전은 카이스트를 중심으로 교육행정이 밀집된 도시였고, 그곳이라면 재형이의 호기심을 채워 줄 선생님을 찾을 수 있을 것 같았기 때문이다.

나는 조금이라도 아이들 얼굴에 걱정이나 우울한 표정이 드러나면 겁이 난다. 행복하지 못했던 유년기가 떠올라서다.

내 어릴 적 꿈은 파일럿이었다. 나는 하늘을 나는 비행기를 따라 바닷가를 힘껏 내달리곤 했다. 중학교에 들어간 나는 가난하다는 이유로 선생님과 반 친구들에게 부끄러운 존재가 되었다. 학비를 못 냈다는 이유로 아침에 등교해서 5교시까지 운동장을 도는 벌을 받았다. 6교시 수학 시간에 들어가니 5교시 때 배운 내용을 가지고 쪽지시험을 보았다. 수업을 듣지 못했으니 당연히 점수가 나빴다. 나는 틀린 개수만큼 엉덩이를 맞았다. 억울하고 서러워서 엉엉 울었다. 그리고 그날로 학교를 박차고 나왔다.

내가 30년 터전을 버리고 이사를 결심한 것은 아이들의 얼굴에서 희망과 꿈을 보았기 때문이다. 내 아이들만큼은 그렇게 희망을 일찍 접는 일이 일어나지 않도록 해야했기 때문이고, 절대로 나처럼은 되지 않도록 해야 했기 때문이다.

네 가족은 방 한 칸에 둥지를 틀고 자장면을 시켜 먹으며 크게 웃었다.

무엇보다 아이들이 너무 행복해했다. 과학 도시답게 박물관과 공원이 많은 곳, 지방에 살던 우리에게 대전은 정말 멋진 도시였다. 아이들을 키우며 살기에 적합한 곳이었다. 수업을 들으러 먼 길을 여행할 일도 없으니 아이들은 더 편해지고 표정도 한결 밝았다.

처음 대전으로 이사를 결심했을 때 주변의 시선이 그리 따뜻하지 않았다. 아이를 위해 너무 별나게 구는 게 아니냐는 것이었다. 하지만 왕복 교통비를 감당할 능력이 안 되는 가난한 부모에게 이사는 사치가 아니라 생존의 몸부림이었다. 생활비가 부족해서 아이가 원하는 공부를 중단해야 할 위기를 겪어 보지 않으면 모를 것이다. 아이의 천재성이 가난한 아빠 때문에 메말라 간다고 생각하면 1분 1초가 아깝다.

나와 아내는 아이들의 독립성을 최선으로 두고 조력자 역할을 하고 있다. 캥거루처럼 아이를 주머니에 넣고 좌지우지하는 것이 아니라 세상으로 나가기까지 여러 변수와 역경을 예상해 보고 긴 항해에 필요한 방향타를 잘 조절할 수 있도록 도와주는 것이다.

재형이는 가난한 살림에도 부모가 자신의 절실함을 알고 거주지를 옮긴 내막을 누구보다 잘 이해하고 고마워한다. 그래서 자신에게 주어진 기회에 충분히 감사하고 열심히 하려 애쓴다. 아이들이 능동적으로 공부하는 데에는 이 보다 더 좋은 교육은 없을지도 모른다.

어느 날 영재 교육원 원장이 나를 불러 말했다.

"아버님, 우리 재형이 수학 실력이 아주 뛰어나요. 정규 수업 외에 별도의 강의를 해 주고 싶습니다."

순간 내 귀를 의심했다. 공짜로 아이의 재능을 키워 주겠다는 말이 아닌가! 고개가 절로 숙여졌다. 재형이가 좋아서 펄쩍펄쩍 뛰는 모습이 눈에 선했다.

"감사합니다. 정말 감사합니다."

나는 연거푸 고개를 조아렸다. 말 그대로 그저 감사할 따름이었다. 그리고 곧장 재형이에게 이 소식을 알렸다.

"재형아, 여기 영재 교육원에서 수학을 따로 가르쳐 주신대! 널 위해서 말이야!"

재형이는 무척이나 좋아했고, 어서 특별 수업을 받는 날만 손꼽아 기다렸다.

그런데 아무리 시간이 흘러도 원장이 얘기한 특별 수업은 이루어지지 않았다.

"아빠, 왜 수학 수업을 안 해요?"

나도 궁금했다. 하지만 차마 물어볼 수가 없었다. 이미 정규 수업 원비가 상당 기간 밀려 있었기 때문이다. 금방이라도 독촉 전화가 올까 봐 마음을 졸이던 터였다.

얼마 후 영재 교육원으로 아이를 데리러 갔는데, 여느 때와 달리 원장이 나를 피한다는 느낌이 들었다. 그리고 하루 걸러 한 번씩 밀린 원비를 납부하라는 전화가 걸려 왔다. 핸드폰 벨이 울릴 때마다 불안했다. 죄송하다는 말도 더 이상 할 수 없을 지경에 이르렀을 때, 우연히 우리 부부와 알고 지내는 학부모로부터 영재 교육원 소식을 전해 듣게 되었다.

"다른 부모들이 재형이 특별 수업을 반대해요."

같은 반에 있는 다른 아이의 부모들이 재형이만의 특별 수업을 반대한다는 것이었다. 만약 우리가 재력을 갖춘 부모였다면 과연 그랬을까 싶었다. 하지만 형평성의 문제도 있고 해서 속상한 마음을 빨리 털어 버리기로 했다.

현실을 냉정하게 돌아보니 이대로 아이를 영재 교육원에 보낸다는 건 도저히 말이 안 되는 일이었다. 무엇보다 영재들만을 위한 수업이라고 생각하고 이사까지 왔는데, 일반 학원과 다를 바가 없어 마음의 상처가 무척 컸다.

다음날 원장을 찾아가서 말했다.

"제가 능력이 없어 이제 그만 다녀야겠습니다. 밀린 원비는 매달 조금씩 납부하겠습니다."

재형이에게 무척 미안했다.

"재형아, 네가 하고 싶어 하는 게 뭔지 안다. 그런데 아빠가 준비가 안 되어 있구나. 우리 현실에서 할 수 있는 걸 찾아보자. 아빠가 해 줄 수 있고, 재형이가 원하는 게 있는지 현실에서 찾아보자."

재형이는 슬퍼했지만 다행히 이불을 뒤집어쓰고 울지는 않았다. 대전이라는 새로운 환경에 적응하면서 아름다운 산책로와 다양한 무료 강좌를 경험할 수 있어서인 것 같았다.

이제는 아이와 골목길만 걸어도 교육으로 연결할 수 있다는 걸 차츰 알아 가고 있다.

"아빠, 저쪽으로 가면 꽃길이 나와요. 그쪽으로 가요."

"그래. 오늘은 복사꽃이 피었는지 가 보자."

비싼 수업료는 내 주지 못하지만 아이는 오래오래 아빠의 손을 잡고 걸었던 약수터와 산책로를 기억할 것이다. 사철 다르게 피는 꽃과 나무를 하나하나 눈으로 확인하며 행복했다고 여길 것이다. 아이를 성장시키는 교육이 교실에 한정되지 않고 집밖에 즐비하다는 사실을 발견하니 한결 숨통이 트였다.

아이의 행복을 끌어낼 방법을 찾기 위해 부모만의 강연을 들으러 가기도 했다. 그리고 강의 내용을 걸러서 들었다. 아이들을 키워 보니 남들이 좋다고 하는 방식이 모두 옳은 것은 아니었기 때문이다.

나는 가난한 부모가 이 사회에서 아이를 키우는 일이 매우 힘들다는 걸 뼛속 깊이 느낀다. 아이를 위해 정보를 찾아 발로 뛰는 부모가 되어야 하고, 뒷전에서 지켜보는 사람이 아니라 길을 열어 주기 위해 애쓰는 부모가 되어야 한다.

어린아이들도 아빠가 노력하고 있다는 걸 아는 것 같다. 어느 때는 다른 또래들에 비해 조금 더 일찍 철들어 가는 아이들에게 미안하고, 더없이 고

맘다.

　밤 열두 시가 조금 넘은 시간, 재형이가 책을 가슴에 덮고 잠들어 있다. 아내에게 물어보니 대전 시내에 있는 새로운 서점들을 의욕적으로 방문하느라 피곤한 모양이라고 했다.

go to BF(best friend) bookstore

I went to BF bookstore today. I saw book 2hours.

I thought 2hour is short, but when I reading book, I thought 2hour
is like 2year, but when I read book not hard, I should think 2hour is
like 2minute.

In this reason, I think I will read book hardest(not a '창작동화'). I
don't know I have many times to go to bookstore, but when I don't
have time to go bookstore. I will read book in my home. Because I'm
not read all the book in the home not yet.

나는 오늘 베스트프랜드 서점에 갔다.

나는 책을 두 시간 동안 봤다.

나는 두 시간이 짧다고 생각했지만 내가 책을 읽을 때 두 시간이 2년처럼 여겨
졌다. 하지만 내가 집중해서 읽는다면 나는 두 시간이 2분처럼 느껴진다.

이 이유로 나는 책을 열심히 읽어야겠다고 생각했다(창작동화가 아닌 책). 나는
내가 서점에서 책 읽은 시간이 많은지는 모르겠지만 내가 서점에 갈 시간이 없
을 때 나는 책을 집에서 읽는다. 왜냐하면 나는 집에 있는 책을 다 읽지 않았기
때문이다.

( )

3 월 14 일 일요일 ☀ ⛅ ☁ ☂ ☃

go to BF bookstore
(best friend book)

I went to BF book store today. I saw book 2 hour.
I thought 2 hour is short, but when I reading book,
I thought 2 hour is like 2 year, but when I read
book not hard, I should think 2 hour is like
2 minute, in this reason, I think I will read book
hardlest, (not a "참작동화") I don't know I have many
times to go to bookstore, but when I don't have time
to go bookstore, I will read book in my home. because
I'm not read all the book in the home not yet.

오늘의 반성	내일의 할일

©C&H Creative Co..Ltd.

재형이표
도전기!

언덕길을 오르려니 발바닥에 잡힌 커다란 물집에 자꾸 신경이 쓰였다. 회사가 갑자기 부도가 나는 바람에 몇 달째 생활비도 못 주고 있었다.

날마다 빚 독촉장이 날아들었다. 여기저기 자리를 알아보았지만 건설 시장이 좋지 않아 당장 전기 기술자를 구하는 곳이 많지 않았다. 다섯 식구 생계 걱정에 눈앞이 깜깜했다. 친형이 하는 영업 일을 받아서 하고 있는데 영업이 처음이라 모든 게 낯설고 힘들었다.

오후 다섯 시, 아내는 아이들과 근방 서점에 있을 시간이었다. 혹시 아내와 아이들이 보기 전에 내가 먼저 확인해야 할 우편물이 있나 보기 위해 현관에 들어서기 전 우편함을 먼저 열어 보았다.

우편물 속에서 붉은 글씨로 '변제 최고장'이라고 쓰여 있는 봉투가 눈에 들어왔다. 나는 '행복 초대장'으로 생각하고 안주머니 깊숙이 넣었다.

언제부터인가 재형이가 지도에 관심을 갖기 시작했다. 역사책을 보면서 세계와 지도에 호기심이 싹튼 모양이었다.

"아빠, 우리나라는 얼마나 커요?"

"글쎄, 중국이나 미국보다는 작아. 하지만 땅이 넓다고 무조건 좋은 건 아니야."

"그래도 큰 나라에 가면 신기한 것들이 굉장히 많겠죠?"

"그야 그렇지."

"아, 나도 다른 나라에 가 보고 싶다!"

재형이는 책 속에서 만나는 익숙한 세상을 직접 눈으로 확인하고 싶어 했다. 새로운 경험을 두려워하지 않는 재형이다운 반응이었다.

나는 재형이를 위해 커다란 세계지도를 장만해 벽에 붙여 주었다. 재형이는 틈틈이 그 앞에 서서 오랜 시간 까치발을 들고 북극을 올려다보고 적도와 위도를 따져 국가를 찾기도 했다.

"와! 세상이 이렇게 생겼구나!"

재형이의 눈이 커졌다.

"아니, 이건 그냥 지도일 뿐이야. 진짜 세상은 둥글다는 거 너도 알지?"

"그럼요."

아이는 지도 위 여러 나라를 쿡쿡 찍으며 말했다.

"이 나라는 어떻게 생겼을까? 우리나라랑 많이 다를까? 볼 게 참 많겠지?"

그러면서 갑자기 세계 일주를 하고 싶다고 말했다.

아이가 원하는 대로 다 해 주고 싶지만 현실과 너무도 먼 이야기였다. 그래서 생각한 것이 '가까운 곳부터 다니기'였다.

일요일마다 아이를 데리고 보문산을 찾았다. 하루쯤 늘어지게 자고 싶을 만큼 몸과 마음이 지쳐 있었지만 아이와 산에 오르며 나눌 이야기와 그 의미를 떠올리며 쉬고 싶은 유혹을 뿌리쳤다. 아내는 얻어 온 유모차에 셋째를 태우고 지연이와 쉬엄쉬엄 뒤따라왔다.

"아빠, 산에 오니까 너무 좋아요. 가슴이 탁 트이는 것 같아요."

정상에 오른 아이들이 뿌듯한지 겅중겅중 뛰면서 만세를 불렀다.

온 가족 나들이는 산에 그치지 않고 가까운 인근으로 넓혀졌다. 할머니 댁을 향해 차를 달리다가 넓은 들판이 나오면 차를 세우고 재형이와 함께 누워 함께 하늘을 바라보기도 했다. 휴가철이 되면 바다에 가서 직접 낚싯대에 미끼를 끼우게 하고, 물고기를 잡아 매운탕을 끓여먹었다. 여름에는 농촌 체험에 참여했다. 오이와 옥수수를 따며 현장학습을 했다. 재형이는 현장에서 배우는 살아 있는 정보를 소중하게 여겼다.

"아빠, 오이에 가시가 있는 줄 처음 알았어요."

"그래? 아빠는 재형이가 책에서 읽은 줄 알았지."

"책에 없는 내용이 시골에 오니 많아요. 아까 할머니는 깻잎 향이 향긋하다고 하시던데 저는 땡볕에서 깻잎을 따다가 토하는 줄 알았어요. 좋은 냄새라는 게 좀 주관적인 판단 같아요."

온 가족이 함께 여름 볕에 까맣게 그을리는 그 시간에도 나의 뇌리에는 재형이의 세계 여행이 떠나지 않았다. 그래서 넌지시 물어보았다.

"재형아, 아직도 외국으로 여행하고 싶니?"

"네."

"……그래, 그 마음은 늘 가슴에 품고 있으렴. 아직은 아빠가 외국 여행을 시켜 줄 수 없지만 언젠가는 꼭 갈 수 있을 거야."

"네……."

나는 재형이의 손을 꼭 잡았다. 배낭을 메고 지도를 든 채 세계 여러 나라를 여행하는 재형이의 모습을 그려 보았다.

그날 이후 재형이의 입에서 세계 여행에 대한 얘기가 조금씩 사라져 갔다. 시간이 훌쩍 지나 다시 그때 이야기를 꺼내자 녀석이 이렇게 말했다.

"아빠, 나중에 내가 열심히 해서 엄마, 아빠랑 꼭 같이 갈 거예요."

나는 재형이를 꼭 끌어안았다.

그리고 외국을 여행하고 싶다는 재형이의 꿈은 오래지 않아 이루어졌다.

2007년, 나는 재형이가 중앙대학교에서 열리는 '중국어 말하기 대회'에 참가할 수 있도록 여기저기 전화를 걸어 정보를 모았다.

"독학으로 공부한 아입니다. 꼭 대회에 참가해 본인의 실력을 확인받고 싶어 합니다. 참가할 수 있게 해 주세요."

참가 자격이 초등학생부터였지만 일곱 살이 된 재형이가 한번 해 보고 싶다며 조르는 바람에 주최 측에 참가할 기회를 달라고 간곡히 부탁했다.

그러자 회의를 해 보고 연락해 주겠다고 했다. 나는 뛰는 가슴을 진정시키며 답신을 기다렸다. 결과는 만족스러웠다. 재형이가 초등학교에 입학하기 전 큰 대회에 참가하는 행운을 얻게 된 것이다.

일단 참가할 수 있게 되었지만 나와 아내는 어디서부서 어떻게 준비해야 할지 알 수가 없었다.

"재형아, 우선 여러 사람 앞에서 연설할 내용을 미리 적어 보는 게 어떻겠니?"

녀석은 고개를 갸웃거리며 깨알 같은 글씨로 열심히 공책에 글을 적어내려 갔다. 원고가 완성되자 우리를 앉혀 놓고 웅변하듯 중국어로 읽기 시작했다. 하지만 내용이 맞았는지 틀렸는지 확인할 길이 없었다. 답답하기는 재형이도 마찬가지였다.

"어떤 내용이니?"

"'중국어에 대한 나의 호기심'이 주제예요. 어떻게 해서 중국어에 호감을 갖게 되었고 앞으로 어떤 용도로 중국어를 사용하고 싶은지 썼고, 기회가 되어 중국에 가게 된다면 중국의 아이들과 만나 대화를 해 보고 싶다는 내용이에요."

"아, 딱 한 번만 확인할 수 있으면 좋겠는데……."

아내와 머리를 맞대고 고민한 끝에 외국어대학교 중국어학과에 전화를 걸었다. 신호음이 한참 지나자 한 선생님이 차분한 어조로 전화를 받았다. 나는 자초지종을 이야기한 다음 맞는지 틀리는지 확인해 달라고 부탁했다.

짧은 침묵.

나는 긴장한 나머지 침을 꿀꺽 삼켰다. 수화기 너머에서 작은 목소리로 오고가더니 곧이어 응답이 왔다.

"자, 준비됐으니 한번 해 볼까요?"

나는 거듭 감사 인사를 하며 재형이에게 수화기를 건넸다.

재형이는 수화기를 들고는 열심히 원고를 읽어내려 갔고, 우리 온 식구는 그 모습을 초조하게 지켜보았다. 재형이는 원고를 다 읽고 나서 수화기를 내게 넘겼다.

"아이가 몇 살이죠?"

선생님이 물었다.

"올해 일곱 살입니다."

"참 잘하네요. 따로 중국어 학원을 다녔나요?"

"아니요. 혼자서 책을 보고 익혔습니다."

"혼자서요? 허어, 정말 기특하네요. 문법이 조금 틀린 곳이 있지만 큰 이상은 없어요. 그대로 대회에 나가도 되겠네요."

"아, 그렇습니까? 감사합니다. 정말 감사합니다."

그 원고로 재형이는 중국어 말하기 전국 대회에 참가해 예심을 거쳐 본선까지 올라갔다.

'많은 사람들 앞에서 잘할 수 있을까? 혹시 실수는 하지 않을까?'

본선에 출전하는 날, 나와 아내는 두 손을 모으고 초조한 마음으로 대회를 지켜보았다. 마침내 재형이 차례가 되었다. 녀석은 성큼성큼 무대 위로 오르더니 꾸벅 인사를 하고 나서 또박또박 이야기하기 시작했다. 그리고 실수 한 번 하지 않고, 떠는 기색도 전혀 없이 너무나 잘 해 냈다.

대회가 끝난 뒤 나는 재형이를 번쩍 안아 올렸다.

"재형아, 잘했어! 우리 재형이가 이렇게 잘하는 줄 아빠는 정말 몰랐네."

"그럼 상도 받을 수 있어요?"

"상?"

저절로 웃음이 나왔다. 열심히 노력을 해서 제대로 인정받고 싶은 욕심이 생긴 모양이었다. 하지만 나는 아이가 이렇게 큰 전국 대회에 참가하는 데에 의미를 두었다.

보름 뒤, 수상자 명단을 살펴보던 아내의 목소리에 놀라는 기색이 가득했다.

"여보, 여기 '김재형'이라고 적혀 있어요! 특별상 부분 '영재 상'을 준대요."

재형이는 2007년 8월에 실시된 제1회 대한민국 중국어 말하기 대회에서 미취학아동으로 특별상을 받게 된 것이다.

"재형아, 재형아! 네가 해 냈구나, 해 냈어!"

우리 식구는 마치 월드컵 4강 진출이라도 한 것처럼 다 같이 얼싸안고 기쁨을 나누었다.

시상식 날 우리는 옷장에서 가장 반듯한 옷을 골라 입고 서울로 향했다. 가족 모두 수상자가 된 듯 가슴이 뛰었다.

"엄마, 나 어떻게 인사해요? 상을 주면 두 손으로 받아야 하죠?"

태어나서 처음 받는 상이라 재형이는 한껏 들떠 있었다.

상을 받으러 무대에 오른 재형이는 시상식에 온 사람들이 앙코르를 요청하는 바람에 또 한 번 중국어 연설을 했다. 그날 국내 여러 매체와 중화 TV에서 재형이를 취재해 갔다.

그 일을 계기로 재형이의 중국어 사랑은 계속됐다. 이듬해 5월 중국어 말하기 대회에 또다시 도전하여 최우수상을 수상했고, 곧이어 대전방송과 우송대학교에서 주최하는 대회에서도 최우수상을 받았다.

2008년 6월 28일
제목: 중국어 말하기 대회
중국어 말하기 대회에서 금상을 타서 엄마가 '멋져부러!' 이랬다. ㅋㅋ 정말 웃기다.

재형이의 자신감은 하늘을 찌를 듯했다. 그리고 무엇보다 마지막 대회에서 받은 부상이 너무도 컸다. 중국에서 열리는 보름간의 어학연수 자격이 주어진 것이다.

"재형아, 너 중국 가고 싶어 했지?"

"네, 가고 싶어요."

"갈 수 있게 됐어. 네가 잘해서 중국까지 가게 된 거야!"

"정말이요? 야호!"

재형이는 환호성을 질렀다.

나는 그런 재형이가 마냥 대견하기만 했다. 뜨겁고 간절한 재형이의 바람이 꿈을 현실로 끌어 왔다고 밖에 생각할 수 없었다. 만약 꿈이 없었다면 중국으로 꼬마 혼자 어학연수를 가는 일은 일어나지 않았을 것이다.

재형이는 중국어도 영어, 일본어 공부와 마찬가지로 큰 소리로 반복해 가며 책을 독파해 나갔다. 테이프 듣는 것도 좋아해서 가까운 도서관에서 책과 테이프를 대여해 들을 수 있게 도왔다. 일기장에 자신이 알고 있는 단어를 하나씩 첨가해서 사용했는데, 나중에는 일기 전체가 중국어로 변하기도 했다.

재형이, 혼자 힘으로 중국에 가다!

중국으로 출발하기 위해 김포공항으로 갔다. 짧은 기간이지만 아이와 처음 떨어져 지내는 보름이 길게 느껴졌는지 아내는 아이의 짐을 챙기며 눈물을 뚝뚝 흘렸다. 재형이 혼자 내내 들뜬 표정이었다.

"아빠, 화나셨어요? 왜 웃지 않아요?"

긴장한 탓에 내 얼굴이 조금 굳어 있었던 모양이다.

"엄마, 아빠, 잘 다녀올게요."

아이는 활짝 웃는 얼굴로 손을 흔들며 출국 게이트로 쑥 들어가 버렸다.

보름 뒤 공항에 나타난 재형이는 조금 의젓해져 있었다. 무엇보다 재형이의 행동에 변화가 생겼다.

"재형아, 뭐 하니?"

"머리 감고 있어요. 이제 눈에 비누가 들어가도 안 울어요. 귀 뒤까지 깨끗하게 헹굴 수도 있어요."

아내와 나는 깜짝 놀라 서로 얼굴을 마주보았다. 중국에 다녀온 뒤부터 혼자 씻는 건 기본이고, 말투나 행동도 한결 어른스러워졌기 때문이다.

"아빠, 보세요. 이제는 뭐든지 혼자 할 수 있어요."

방바닥에 뒹굴던 책도 단정하게 책장에 꽂기 시작했다. 단 한 번, 그것도 아주 짧은 외국 체험이 이렇게 아이를 바꿔 놓을 수 있다는 사실이 너무도 놀라웠다. 중국어 말하기 대회를 통해 성취감을 맛보았고, 거기서 자신감을 크게 얻은 것 같았다.

하지만 이런 행동이 오래 가지는 않았다. 곧 누나와 함께 연필을 서로 많이 갖겠다고 싸우다가 나에게 손바닥을 맞았고, 책을 다시 방바닥에 아무렇게나 쌓아 놓고 읽었다. 씻으러 욕실에 들어갔다가 문을 잠그고 책을 읽다가 아내에게 야단도 맞았다. 에그, 우리 재형이는 아무도 못 말려.

아이에게는 여전히 도전해야 할 목표가 많다. 한자 급수 시험부터 외국어 말하기 대회가 그것. 스스로 참여하고 싶어 하고 상을 받고 싶어 한다. 우리가 상을 타라고 요구해서가 아니라 스스로의 노력에 대해 보상받고 싶어 한다. 나는 아이들에게 도전은 즐겁다는 것, 실패해도 상관없이 다시 도전할 수 있다고 강조한다.

'대한민국 중국어 말하기 대회'는 대한민국 국적을 가진 사람, 중화권 국가에 체류한 적이 없거나, 중화권 국가에 1년 미만 체류한 사람만 참가할 수 있다. 주제는 자유이며, 유치부부터 대학 및 일반부까지 있다.

앞으로 재형이는 다양한 대회에 참여하며 꾸준히 공부하고 실력을 향상시켜 나갈 것이다. 이런 대회를 통해 그나마 재형이의 실력을 가늠해 볼 수 있기 때문이다. 내가 해 줄 수 있는 최선은 전문가들을 만날 수 있는 자리에 참여시켜 아이의 갈증을 해소해 주는 일이다.

아이들에게 가난한 아빠가 아닌 자랑스러운 아빠로 기억되고 싶다.

언어와 숫자
갖고 놀기

자동차를 좋아하는 재형이는 차 번호판에도 관심이 많았다. 20개월부터 알파벳을 읽기 시작한 재형이는 자동차 번호판이 보일 때마다 영어로 읽으며 즐거워했다.

"Five, zero, four, zero."

재형이의 장난감은 한글과 알파벳, 그리고 숫자였다. 늘 이 장난감을 가지고 혼자 방에 앉아 끊임없이 중얼거렸다. 무슨 말인가 싶어 귀 기울여 보면 1부터 차례대로 '하나, 둘, 셋, 넷.' 혹은 '일, 이, 삼, 사.' 하고 세곤 했다. 그리고 10 다음에 '십'과 '일'이 합쳐져서 '십일'이 된다는 사실을 스스로 깨우쳤다.

수많은 기호마다 나름대로 법칙이 있다는 사실을 알게 된 재형이에게 세상은 온통 신비로 가득했다. 그때부터 틈만 나면 1부터 1000까지 세기 시작했다. 하루에 다 세지 못하고 798에서 잠이 들면 다음날 눈 뜨자마자 799부터 세기도 했다. 그리고 마침내 1000까지 다 세고 나면 다시 거꾸로 세었다. 999, 998, 997……

그것도 지루해지면 영어로 했다. one부터 one thousand까지!

01 거꾸로, 그리고 반복해서, 정확하게

재형이는 지나가는 자동차나 버스 번호판의 숫자를 순서대로 읽다가 거꾸로 읽다가 하면서 즐거워했다. 말도 정확하게 발음하려고 연습했다. '같았어요.'라는 부분을 읽을 때조차 '가타써요.' 하고 발음하지 않고 '같, 았, 어, 요.' 하고 정확하게 발음했다.

02 아이의 일기장은 놀이터

재형이는 네 살 때부터 날마다 하루 일과를 기록하고 있다. 새로 알게 된 덧셈과 뺄셈에 대한 생각이나 서점에서 읽은 책의 내용, 떠오르는 느낌, 동시를 영어, 수학 공식, 일본어 등으로 적는다. 글씨를 쓰기 싫은 날은 만화나 암호로 기록한다.

재형이를 학교에 들여보내고 나서는 아이가 수업에 적응할 수 있을까, 친구들과 속도를 맞춰 급식을 잘 먹을 수 있을까, 내심 걱정이 많았다. 딱 초등학교 1학년 자녀를 둔 학부모 마음이었다. 잘 모르는 사람들은 아이가 영재니까 학교에서는 무조건 만점을 받을 테니 좋겠다고 말한다. 하지만 재형이는 이제까지 한 번도 올백을 받은 적이 없다. 꿈을 키우는 아이에게 지금 필요한 것은 누구나, 언제든 도전할 수 있다는 사실, 바로 그것이다. 재형이는 카이스트 영재 교육원에 들어갔고 자신의 꿈에 대해 큰 소리로 말하기 시작했다.

재형이, 학교에 가다

학교,
신나거나 답답하거나

"아휴, 그렇게 집에서만 생활하면 나중에 또래하고 어울리지 못해요."

큰애와 작은애 모두 집에서 아내와 책을 보며 지낼 때의 일이다. 두 아이 모두 집에서 아내와 함께 한글을 떼고 숫자를 읽었는데 오히려 이웃에서 아이들의 사회성을 지적했다. 나중에라도 아이들의 의견을 들어 보기 위해 우선 한 달간 어린이 집에 다니게 했다. 지연이가 여섯 살, 재형이가 다섯 살이었다.

재형이는 아침에 일찍 일어나 어린이집에 가는 걸 못 견뎌 했다. 나와 아내는 밤마다 내일 아침을 위해 빨리 자라는 말을 반복해야 했고 아이 손에서 억지로 책을 뺏고 불을 꺼 재워야 했다. 재형이는 고통스러워하며 아침마다 눈물을 뚝뚝 흘렸다.

"아빠, 어린이집 안 가면 안 돼요? 저 가기 싫어요."

"재형아, 아빠는 널 위해서 보내려는 거야. 아빠의 행복을 위해서 보내는 게 아니야."

밤이면 아내와 함께 과연 누구를 위해 어린이집에 보내는가를 두고 의논했다. 그리고 일주일 만에 재형이에게 틱 장애가 왔다. 눈을 깜박이고 호흡곤란 증세가 왔다. 아이가 너무 힘들어했기 때문에 원하는 걸 들어주기로 결정했다. 다음날 재형이와 함께 오랜 시간 걸으며 대화를 나누었다. 아니, 사과를 했다.

"재형아, 아빠가 그동안 네 마음을 몰라줘서 너무 미안하다. 네가 원하지 않으면 안 해도 돼. 하지만 나중에 학교는 반드시 다녀야 한다. 친구를 사귀고 선생님 말씀도 잘 들어야 해."

어린 재형이는 고개를 끄덕였고, 이제 학교에 입학할 나이가 되었다. 부끄러움을 많이 타는 성격이지만 재형이는 또래는 물론 어른들과 아주 잘 지낸다. 무엇보다 스스로를 특별하다고 생각하기보다 개성이 있다고 생각한다. 이제는 무엇이든 어른이 먼저라는 걸 알고, 친구가 있어 좋은 줄 안다. 이렇게 되기까지 우리는 아이가 원하는 걸 스스로 선택하게 하고 아이의 말에 충분히 귀 기울여 주었다.

노력하는 사람이 될래요

"위인들은 어째서 위인이 되었을까?"

한동안 재형이는 위인전에 푹 빠져 지냈다. 그 중에서도 특히 과학 분야의 인물들에게 큰 관심을 보였다. 다윈, 하비, 코페르니쿠스, 파스퇴르, 미드, 페르마, 아인슈타인, 케플러 등을 읽다가 자신의 생각을 혼잣말로 중얼거렸다.

"재형아, 아빠하고 공통점 찾기 한번 해 볼까?"

"공통점 찾기요?"

"그래. 위인들의 공통점은 무엇일까? 너부터 한번 해 봐."

"음…… 거의 다 옛날 사람이다!"

"와, 그렇구나. 이번엔 아빠 차례다. 음, 위인들은 모두 꿈이 있었다. 어때?"

"맞는 것 같아요."

재형이와 나는 시간 가는 줄 모르고 '공통점 찾기' 놀이에 빠져들었다.

"위인들은 꿈을 포기하지 않는다."

"위인들은 대부분 가난하거나 불행한 시절이 있었다."

"하지만 위인들은 그 어려운 역경들을 다 극복했다."

"위인들은 모두 노력하는 사람들이다."

"노력이란 건 열심히 한다는 뜻이죠?"

재형이가 물었다. 여러 가지 공통점 중에서도 재형이는 '노력하는 사람들'이란 말이 제일 가슴에 와 닿은 모양이었다.

"그래, 맞아. 위인이 되려면 재능보다는 노력이 훨씬 더 중요해."

"저도 노력하는 사람이 되고 싶어요."

"빙고!"

학교 다녀오겠습니다!

2008년 1월 22일
내가 ○○초등학교에 다닐 아이가 맞는지 확인하러 갔는데,
그 덕분에 1학년 3반도 구경해서 분필로 칠판에다 써 보기도 했다.
정말 신이 난다. 하지만 안 좋은 점도 있다.
3월 달이 돼야만 학교 입학식을 한다.
그때까지 어떻게 기다리라는 거야!

학교에 갈 시기가 되자 재형이는 무척 들떴다. 학교에 가면 자기의 질문
에 답을 해 줄 선생님이 있다는 사실과 또래 친구들과 어울려 놀 수 있기
때문이었다. 아직 입학하기 전 재형이의 일기를 보면 그 마음을 읽을 수
있었다.

아이만큼이나 아빠인 나도 초등학교 입학식에 가슴이 뛰었다. 첫째 지연
이를 입학시켰으니 이번이 두 번째인데도 학부모이다 보니 우리 아이를 학
교에서 잘 안아 주었으면, 예뻐해 주었으면 하는 마음이 간절했다.

나는 먼저 담임선생님을 찾아가 인사했다. 선생님은 반갑게 맞아 주었다.

"아버님, 안녕하세요. 텔레비전에서 재형이를 봤어요. 영특한 아이를 맡

게 되어 정말 기쁩니다."

나는 재형이가 낯을 좀 많이 가리는 편이라고 하면서, 유치원도 안 다니고 쭉 집에서만 지냈기 때문에 단체생활에 적응하려면 시간이 걸릴 것 같다고 말했다. 그리고 새벽 네 시까지 자지 않고 책을 보는 습관이 있는데 차근차근 고쳐 나가겠으니 혹시 지각을 하더라도 당분간 이해를 해 달라고 부탁했다. 마음 같아서는 한 시간이고 두 시간이고 대화하고 싶었지만 다른 학부모들 역시 인사를 드리는 터라 아쉬운 마음을 꾹꾹 눌렀다.

고맙게도 선생님은 아이가 밤에 깨어 있는 습관이나 지각하는 습관은 조금씩 고쳐야 할 거라면서, 하지만 학교생활에 적응하면서 조금씩 나아질 테니 걱정 말라고 했다. 그래도 슬며시 걱정이 됐다. 어린이집에 다닐 때 밤에 책을 못 읽게 했다가 틱 장애를 일으켰기 때문이다.

예상대로 재형이는 일찍 자고 일찍 일어나는 일에 잘 적응하지 못했다. 한번 등교시키려면 소리를 질러야 했고, 아이는 학교 가는 것을 그다지 좋아하지 않았다. 학교에서 돌아올 때마다 시무룩했다. 등교 문제만이 아니었다.

"재형아, 왜 그래? 무슨 일 있었니?"

"아니요. 그냥 좀 답답해서요."

"답답하다니, 뭐가?"

작은 재형이의 어깨를 감싸 주며 눈을 마주하고 이야기를 나누었다.

"선생님이 칠판에 글씨를 쓰면 다 쓸 때까지 기다렸다가 한꺼번에 받아 적으면 되잖아요. 그런데 아이들은 한 글자 적고 칠판 보고, 또 한 글자 적고 칠판 보고, 막 그래요. 정말 답답해요."

그러면서 교과서를 반복해서 읽는 것도 답답하고, 간단한 산수 문제 하나만 갖고 30분 넘게 공부하는 것도 답답하다고 했다.

나는 속으로 한숨을 내쉬었다. 등교 첫 주만 해도 선행 학습이 안 된 재형이는 모든 수업을 신기해했다. 말하기·듣기, 읽기, 쓰기, 수학, 슬기로운 생활, 즐거운 생활, 바른생활 교과서를 매일 다르게 챙기고 공책을 따로 준비하고 연필을 가지런하게 필통에 넣었다. 그러나 딱 일주일뿐이었다.

"재형아, 혹시 수업 시간에 너 혼자 잘난 척하지는 않지?"

아이가 학교에 들어가기 전부터 염려되던 부분이었다.

"아니요. 전 아무 말도 안 하고 가만히 있어요. 수업 시간에 딴 짓도 안 하고 선생님 말씀도 잘 들어요."

"그래, 그래야 해. 너는 학교 가기 전부터 혼자서 아주 열심히 공부했잖아. 학교에서 공부하는 것 중에 재형이가 이미 공부한 내용도 많을 거야. 또 어떤 아이들은 재형이가 모르는 것들을 먼저 공부했을 수도 있어. 하지만 먼저 공부했다고 해서 더 훌륭한 건 아니란다. 학교는 모든 친구들이 다 함께 공부하는 곳이야. 알았지?"

"네."

대답은 잘 했지만 사실 재형이는 학교 수업에 잘 적응하지 못했다. 카이스트 수업만 듣고 그냥 집에서 책만 보면 안 되냐고 자꾸만 떼를 섰다. 그럼 학교에 안 다니겠다는 거냐고 묻자 이렇게 대답했다.

"네. 학교는 공부하는 데잖아요. 그런데 교과서에 나오는 건 벌써 다 배운 거예요."

재형이는 밤늦게 독서하는 습관도 고치지 못했다. 새벽 네 시, 다섯 시까지 책을 보다가 지각하는 일이 잦았다.

"선생님, 죄송합니다. 제가 아이 습관을 잘못 들였어요. 하지만 일찍 자라고 책 읽는 걸 막으면 아이가 스트레스를 심하게 받아서 틱 장애를 일으켜요."

교장선생님에게도 재형이의 스트레스성 틱 장애를 설명하고 양해를 구했다. 그런데 얼마 안 가 걱정은 서서히 해결되기 시작했다. 마음이 맞는 친구들이 하나둘씩 생기기 시작한 것이다.

2008년 5월 26일

제목: 조○○

내 짝꿍 조○○은 장난꾸러기다.

오늘 조○○이 말 안 들어서 벌을 섰는데 선생님이 나보고 지켜보라고 해서 지켜봤는데 조○○이 손을 붙이고 실눈을 떴다. 그래서 내가 1대, 2대…… 하는데 조○○이 날 때리는 것이었다. 그래서 10대를 더 올려 줬고 나중에는 585대까지 올라갔다.

Oh! What a pool boy!

2008년 9월 3일

제목: 학교 공부는 즐거워요

우리가 열심히 하니까 선생님도 수업을 재미있게 하셨다. 정말 즐거웠다.

6학년 될 때까지 공부를 열심히 해서 선생님께 칭찬을 많이 들어야겠다.

학교에 결석 절대로 안 할 것이다.

학교에서 재미있는 말을 배웠다. 행동을 나타내는 말이었다.

배운 적이 없어서 더 배우고 싶었다.

열심히 공부해서 멋진 사람이 되어야겠다.

2008년 9월 16일

제목: 신나는 학교생활

학교생활은 재미있다. 가면 또 가고 싶고, 또 가고 싶고, 또 가고 싶고……
×100

학교는 재미있다. 공부를 잘하면 선생님께 칭찬받는다.

또 멸치도 많이 준다. 맛있는 멸치를 많이 먹기 위해서 공부를 더 열심히
해야겠다.

처음엔 딱지치기를 하면서부터 점점 친해지더니 좀 더 지나서는 아이들
앞에서 자기가 지은 우스운 노래도 들려주었다. 교과서 한 귀퉁이에 졸라
맨을 페이지마다 그려 놓고 졸라맨이 움직이는 것처럼 보이게 재빨리 넘겨
아이들을 즐겁게 해 주기도 했다.

그런 어느 날 아침, 재형이는 엄마가 깨우기도 전에 벌떡 일어났다. 부지
런한 지연이가 아직 기지개를 켜기도 전이었다. 식구들 모두 눈이 휘둥그

레져서는 재형이의 움직임을 살폈다. 밥을 먹고, 고양이 세수를 하고, 옷을 입고, 가방을 매더니 소리쳤다.

"학교 다녀오겠습니다!"

우리는 깜짝 놀랐다. 지각대장이 웬일일까?

"재형아, 왜 그래? 무슨 일이야?"

"아, 짝꿍 잔소리에 제가 졌어요."

짝꿍이 매일 늦는다고 하루도 빼 놓지 않고 구박을 하는 바람에 일찍 간다는 것이었다. 짝의 잔소리에 단잠을 포기하다니 정말이지 너무도 기뻤다.

함께 크는 법을
배우다

"재형아, 뭐 하니?"

"아빠, 친구들이 저보고 독수리 타법이래요. 그래서 연습하고 있어요."

아이가 학교 수업 시간에 컴퓨터를 활용하면서 타자 연습이란 걸 처음으로 하게 되었다. 자판의 순서를 외우며 하나하나 익혀 가는 모습이 다른 아이들에 비해 서툴고 느려서 힘들어 보였지만 곧 잘하게 되었다.

나는 재형이가 공부에 필요한 정보를 찾을 때가 아니면 지금도 집에서 컴퓨터를 많이 사용하지 못하게 한다. 컴퓨터를 순식간에 배울 수 있는 게 아이들이기 때문이다. 나와 아내도 필요한 정보를 찾는 용도 외에 사용을 자제하고 있기 때문에 아이도 컴퓨터에 미련을 두거나 필요 이상의 시간을 할애하려고 하지 않는다.

"아빠, 저도 닌텐도 게임기가 있었으면 좋겠어요."

각오하고 있던 순간이 왔다.

"그래, 네 나이엔 게임이 재미있을 거야. 당연하지. 그런데 게임을 하느냐 안 하느냐가 중요한 게 아니야. 그전에 먼저 게임 때문에 다른 일을 소홀히 하지 않겠다는 약속과 믿음이 있어야 해."

나는 재형이에게 게임에 중독되어 학교에 가지 않는 아이들의 사례를 들려주었다.

"호기심으로 시작한 게임에 중독이 되면 그렇게 되는 거야. 네가 충분히 자제할 수 있다는 확신이 들면 그때는 하게 해 줄게. 무조건 안 된다는 말이 아니야."

말만으로 설득해서는 다시 게임 이야기를 할 것 같아서 함께 인터넷으로 사례를 찾아 읽었다. 더불어 컴퓨터 게임 중독을 다룬 시사 프로그램도 보여 주었다. 재형이는 눈을 크게 뜨고 집중해서 시청했다.

재형이는 지금도 게임을 하고 싶은 마음을 자제하며 거실에 놓인 컴퓨터를 검색용으로만 사용하고 있다.

지연이와 재형이의 연필 쟁탈전

2009년 5월 6일

제목: 누나

누나는 나쁘다. 내가 친구하고 바꾼 연필을 누나한테 보여 주었는데 자기가 아끼는 것을 다 가져와서 바꾸자고 그랬다. 나는 겨우 누나를 떼어놓았다. 정말 힘든 하루였다.

"내 연필이야. 이름이 쓰여 있잖아."

"네 이름도 아니네, 뭐."

지연이와 재형이의 연필 쟁탈전이 벌어졌다. 재형이는 연필에 대한 애착이 책 다음으로 대단하다. 매일 누나 지연이 혹은 동생 민주와 토닥거리는데 다 연필 때문이다. 누가 자기 연필을 허락 없이 사용하거나 말도 안 하고 가져가면 난리가 난다.

"아빠, 제가 산 볼펜과 연필은 저의 보물 1호예요."

맞다. 미리 빌려 주기로 약속했던 연필은 누나에게 척척 내 주지만, 학교에서 친구에게 받아 온 연필, 어렵게 구입한 연필은 매우 소중하게 여긴다. 이쯤 되면 아빠가 개입해서 상황을 정리해 줘야 동생 민주가 배우지 않는다.

"지연이하고 재형이 이리 와 봐. 그 연필 몽땅 이리 가져와. 너희에게 이렇게 많은 연필이 왜 필요한지 말해 봐. 아빠를 설득하지 못하면 모두 압수다."

나는 항상 아이들에게 설득해 보라고 요구한다. 왜 이 책을 사려고 하는지, 어린 네가 왜 만년필이 필요한지 이유를 말해 보라고 한다. 아무것도 아닌 것 같아도 아이들은 생각이라는 걸 하게 되고, 상대에게 자신의 생각을 효과적으로 전달하는 방법을 익히게 되기 때문이다.

가만 보면 재형이는 또래 집단에서 상대 친구를 잘 설득한다. 서로 다른 성향의 아이들이 모인 교실에서 다툼이 일어날 수 있는데 충분히 상대를 이해하고 관계를 정리하는 지혜가 있는 것 같아서 뿌듯하다. 별것 아닌 것 같지만 일상에서 엄마, 아빠를, 누나, 동생을 설득하고 배려하는 방법을 익히는 것도 중요하다.

재형이는 개구쟁이

"아빠, 저 오늘 오리걸음 벌섰어요."

"지각을 해서니, 일기장을 안 가져가서니?"

"숙제를 안 해 갔어요. 헤헤."

"그래? 하하하."

우리 둘은 허리에 손을 얹고 웃었다. 학교에 안 가겠다고 떼를 쓰는 것도 아니고, 받아쓰기를 빵점 받아 오는 것도 아닌데 야단 칠 일이 아니었다. 날마다 일기에 빨리 내일이 되어 학교에 가서 친구들과 놀고 싶다고 쓰니 그저 예쁘기만 할 뿐이다. 하지만 우리 식구 중에서 가장 걱정을 많이 시키는 녀석도 재형이다.

하루는 비가 와서 아내가 아이들 우산을 전해 주러 학교로 갔다. 3교시 수업이 끝나는 종소리와 동시에 교실 뒷문이 열리더니 재형이와 남자아이 하나가 뛰어나왔다.

"누가 복도에서 뛰라고 했어?"

선생님의 불호령과 함께 재형이와 친구는 쉬는 시간 내내 복도에서 손을 들고 벌을 섰다. 아내는 그 모습을 핸드폰으로 찍어 나에게 보냈다. 상황이 그려지자 나도 모르게 웃음이 나왔다.

"여보, 재형이 좀 야단치세요. 글쎄 가방을 놀이터에 버리고 들어왔지 뭐예요."

학교에 다니면서 어찌나 사건 사고를 치던지 하루도 조용할 날이 없었다. 친구와 집에 오다 들른 놀이터에 책가방을 두고 왔다가 아내의 호통에 다시 놀이터로 달려가길 여러 번. 재형이를 보면 마치 어디로 튈지 모르는 공을 바라보는 기분이다. 가끔은 지켜보는 나조차 저 아이가 서점에서 책을 읽던 그 아이가 맞나 싶다.

"아빠, 오늘 선생님이 제 식판을 들고 나가 버려서 황당했어요."

"이크, 너 점심시간에 또 수다 떨었구나."

재형이는 집에서도 밥 한 그릇을 한 시간 넘게 붙들고 먹어서 아내를 화나게 한다.

2008년 3월 28일

제목: 12시, 종이놀이

학교에서 종이놀이를 했다. 정말 재미있었다.

지금은 12시 우리 집, 에휴~ 무서워라.

엄마가 밥 늦게 먹어서 화를 내시네. 앞으로는 엄마 말 잘 듣기.

그냥 천천히 먹는 정도가 아니라 미주알고주알 책에서 읽었던 재미있는 이야기도 하고 퀴즈도 낸다. 집에서 새는 바가지 밖에서도 샌다고, 학교에서도 다르지 않을 것이다.

점심시간이 끝나도 비워지지 않는 재형이의 식판을 선생님이 어떤 심정으로 바라보았을지 알고도 남았다. 학교 담임선생님에게 볼 면목이 없었다.

그 일이 있고부터 재형이는 점심시간이 끝나는 마지막 5분에 속도를 올리는 습관을 길렀다. 이제는 군대에 보내도 끄떡없을 정도다.

재형이의 일기

2008년 10월 23일

제목: ○○희
우리 반 ○○희는 새침데기처럼 새침하게 군다.
왜 그런지 모르겠다. 물어보면 내가 자기를 놀렸다고 선생님께 이를 거고.
내가 꼭 알아내야지.

평범과 비범은
같은 말

"애들아, 오늘 옥상에서 텐트 치고 라면 끓여먹을까?"

"우와, 재밌겠다. 아빠, 오늘 무슨 날이에요?"

"오늘은 모험을 하는 날이지. 자, 아빠가 라면에 계란도 넣을 거야. 각자 그릇과 수저, 젓가락 가지고 올라가기다."

밖에서 뭔가를 하기엔 바람이 찬 날씨였다. 아이들은 신이 났고, 아내의 얼굴은 흙빛이었다. 도시가스에서 가스 공급을 중단했기 때문이다. 몇 달간 밀린 가스 요금을 독촉하는 고지서가 날아들었지만 아기 기저귀 값을 충당하느라 공과금을 챙길 여력이 없었던 것이다. 사정을 모르는 아이들은 오늘도 극기 체험을 한다며 텐트를 꺼내 옥상으로 올라갔다. 이런 일이 생길 때마다 아내 얼굴을 똑바로 쳐다볼 수가 없다.

옥상에 올라가니 아이들은 꼬마 인디언들처럼 재빨리 맡은 역할을 수행

하고 있었다. 지연이가 휴대용 버너를 안고 오자 재형이가 한쪽 구석에 바람막이 천을 치며 버너 놓을 자리를 가리켰다. 민주가 언니, 오빠 몫의 플라스틱 그릇을 안고 올라왔다.

"얘들아, 우리 오늘 극기 체험을 하는 거야. 세상에 추운 곳에서 잠자고 먹으며 고생하는 사람들이 얼마나 많니? 우리가 얼마나 따뜻하고 배부르게 사는지 느껴 보자."

어린아이들은 저마다 모험심을 가지고 있다. 가끔 텐트를 빌려서 옥상에 텐트를 치고 온 가족이 잠을 자기도 하는데, 아이들은 아무런 의심 없이 정말 극기 체험, 기아 체험이라고 생각한다. 동화에 나올 법한 착한 아이들이 고마울 뿐이다.

한겨울에 이불에 의지해 온 가족이 서로 꼭 끌어안고 잠을 청한 날도 있다. 지연이가 왜 춥게 자느냐고 물었지만 차마 도시가스가 끊겨서라고 말할 수가 없었다.

"얘들아, 거리에서 지내는 노숙자를 생각해 봐. 그 사람들은 얼마나 추울까? 우리도 그 사람들이 어떤지 한번 체험해 보는 거야."

그러자 재형이가 한마디 거들었다.

"아빠, 그래도 우린 집 안에 있잖아요. 노숙자는 밖에서 지내니까 우리가 훨씬 좋은 환경이에요."

나는 특별히 가장 먼저 아내의 라면 그릇에 계란 하나를 건져 넣었다.

"여보, 당신도 하나 먹어. 우리 먹고 힘냅시다."

다행히 재형이는 학교생활을 즐기고, 친구들과 장난치고 노는 걸 좋아한다. 아이가 학교에 안 가겠다고 떼쓰지 않고 아빠의 마음을 헤아려 나름대로 즐거움을 찾아 고마울 뿐이다.

2008년 11월 2일 수요일
제목: 학교
학교에 가는 것은 재미있다.
왜냐하면 친구들하고 놀 수도 있고 공부도 마음껏 할 수 있어서 좋다.
학교 안 가고 홈스쿨링을 하면 친구들이 없으니까 싫다.
학교를 다니니까 기분이 정말 좋다.

아침 여덟 시, 머리에 까치집을 지은 재형이가 자리에서 벌떡 일어났다. 첫째 지연이는 벌써 학교로 출발한 지 오래였다. 재형이는 허둥대는 기색도 없이 아침을 먹고는 양치질을 했다. 느림보 거북이가 '형님!' 하고 부를 정도였다.

"재형아, 준비물 잘 챙겼니?"

"네. 어제 챙기고 잤어요."

3학년이 된 재형이는 부은 눈을 하고는 책가방을 메고 현관을 나섰다. 첫 수업이 시작되는 아홉 시가 재형이의 등교 시간이다. 달래고 어르고 반복해도 새벽 세 시가 넘어서야 잠이 드니 어쩔 도리가 없다.

"안녕하세요."

재형이는 학교로 걸어가며 골목에서 만나는 어른들에게 인사를 대장급으로 한다. 너무 여유롭게 등교한 재형이가 교실 문을 열면 벌써 친구들 책상 위에 교과서가 펼쳐져 있다.

선생님이 전날 내 준 숙제를 검사하는 그 짧은 시간, 재형이는 눈에 불을 뿜으며 잊었던 과제를 해결한다. 카이스트 숙제는 열성적으로 하는 반면, 학교 공부를 조금 등한히 해서 속이 타지만 쉽게 해결하니 뭐라고 할 수도 없다. 하지만 역시나, 분명히 책가방에 넣은 줄 알았던 삼각자를 빠뜨려서 선생님에게 도움을 청한다.

'깜빡 대장' 재형이. 아내가 재형이에게 학교에 가져갈 준비물은 잘 챙겼는지 확인을 할 때마다 절로 웃음이 나온다. 챙겼다고 잘도 대답하지만 믿음이 가지 않는 까닭이다. 하지만 우리는 준비물도 숙제도 거의 챙겨 주지 않는다. 본인이 할 일은 본인이 하기를 바라기 때문이다.

그러나 담임선생님과 통화를 하거나 선생님이 일기장에 '숙제 잘 해 오기'라고 써 놓기라도 하면 아내는 책장에서 회초리를 꺼내 바로 혼낸다. 이 모두 재형이가 책 읽기에 빠져 다른 일을 까맣게 잊어서 일어나는 일이다. 그런 이유로 재형이는 1학년부터 2학년까지 아내와 나에게 수도 없이 혼이 났다. 가방에 물감을 넣어 주며 올 때 잘 챙겨 오라고 다섯 차례나 신신당부를 해도 집에 와서는 '아차!' 하며 자기 이마를 치기 일쑤다.

"사물함에 두고 그냥 왔어요."

"앗, 알림장 안 가져왔어요."

학교가 끝나고 자정이 넘도록 아이가 집에 오지 않아 온 집이 발칵 뒤집힌 적도 많다. 한번은 경찰차를 타고 오기까지 했다.

"재형아, 너 어디 갔다 이제 오니? 얼마나 걱정했는지 알아?"

집으로 오는 길에 막혔던 수학 증명의 실마리가 떠오르는 바람에 자기도 모르게 집과 반대 방향으로 하염없이 걷다가 뒤늦게 경찰서에 들어가 길을 잃었다고 말했다는 것이다. 머리에 알밤을 주었지만 재형이는 이후에도 숱한 이유로 늦어서야 집에 돌아왔다.

한번은 수업이 끝나는 시간에 맞춰 학교에 가고 있는데 재형이가 쪼그려 앉아 도로를 바라보고 있었다.

"재형아, 너 거기서 뭐 하니? 자동차가 쌩쌩 달려서 얼마나 위험한데!"

가만 보니 깡통과 고무, 플라스틱 물건들을 도로에 죽 늘어놓고는 차가 지나갈 때까지 지켜보는 중이었다.

"차가 지나가면 물건들이 어떻게 되는지 너무 궁금해서요."

아이는 보면 모르냐는 듯이 말했다.

간혹 학교 수업 시간에 엉뚱함을 발휘하기도 했다.

"햇빛이 들지 않는 곳을 뭐라고 할까요?"

선생님의 질문에 반 친구 모두 '응달'이라고 대답했는데, 재형이 혼자 '그림자'라고 대답한 것이다. 그 바람에 놀림감이 되었다며 한숨을 푹 쉬기도 했다.

재형이와 또래들이 '비슷해' 지기까지는 어느 정도 시간이 걸렸다. 그 다음부터는 친구들도 많이 사귀고 유행가를 따라 부르거나 또래들과 비슷한 취미도 생겼다. 평범한 일상에서 '튀는' 행동을 하지 않게 된 것이다.

재형이가 영재로 불리면서 사소한 일상과 공부법, 사회성에 관심 갖는 분들이 많다. 너무 책만 파고들어 버릇없고 이기적이지 않느냐고 묻는 분들도 있다. 나는 재형이가 또래보다 책을 많이 읽는다는 이유로 어른에게 인사를 안 하거나, 공동체 생활에 어긋난 행동을 했을 때 절대 눈감아주지 않는다. 눈높이 대화를 통해 충분히 설득한다. 다행히도 아이가 잘 따라준다.

네 명의 아이를 키워보니 서로 다른 재능이 있다는 걸 알겠다. 평범하면 평범한 대로 나름의 재능이 있다. 물건을 모두 분해해서 확인하는 집요함이 재능인 아이도 있고 움직이는 사물에 끊임없이 말을 거는 상상력이 재능인 아이도 있다.

우리집에서 지연이는 음악을 좋아하고, 재형이는 수학을 좋아한다. 셋째 민주는 춤과 노래를 좋아한다. 아이들이 각자의 재능을 가지고 세상을 모두 다르게 살아가겠다는 생각에 내 기쁨은 두 배가 된다. 아이들에게 정형화된 길만 요구하지 않고, 있는 그대로 아끼고 사랑해준다면 아이들은 그 빛을 잃지 않고 성장하지 않을까?

2008년 6월 25일

제목: 6학년 수학책(문제집)

내가 6학년 수학 문제집을 풀고 있는데

엄마가 안 된다고 하셨다.

에휴~ 정말! 안 되면 내일 풀어야지.

화장실 서재

재형이가 동생의 훼방을 꿋꿋이 견디며 책을 보는 모습을 보면 대견하
다. 어린 민주가 재형이 수학책을 모두 꺼내 놓고 어쩌다 색연필로 낙서라
도 하거나 좋아하는 책을 밟고 다닐 때면 재형이는 얼음왕자로 변한다. 하
지만 귀여운 동생이고 아내와 내가 동생에게 소리 지르도록 내버려두지 않
기 때문에 인내심을 발휘하며 참아 낸다.

"아, 민주 말썽을 다 용서해 주다니, 참 착하다. 의젓해."

"아빠, 저도 어렸을 때 저렇게 했어요?"

"응. 어릴 때는 다 그런 거야."

재형이는 요즘 형제의 소중함을 알아 가고 있다. 막내 서준이를 통해 재
형이뿐만 아니라 아이들 모두 엄마를 위해 준다. 엄마가 얼마나 힘들게 자

신들을 키웠는지, 희생하는지 느끼는 것이다.

"엄마는 너를 위해서 밤잠을 설쳤어."

"그래요? 저도 서준이처럼 어릴 때 그랬어요?"

"그럼."

간혹 아이가 소외된다는 느낌을 갖고 힘들어할 때가 있는데 그때마다 나는 아기 때 사진을 보여 준다.

"아빠가 너를 이렇게 사랑했다."

"아빠, 제가 서준이처럼 저렇게 많이 울었어요?"

"아니. 재형이는 착해서 잘 울지 않고, 혼자 옹알이를 해서 엄마, 아빠를 행복하게 했지."

"아빠, 저는 언제부터 수학을 좋아했어요? 민주처럼 네 살 때부터예요?"

"아니. 더 어릴 때였어. 서준이보다 더 컸을 때."

"아빠, 저는 9개월 때 어땠어요?"

"우리 재형이는 뒤집기는 안 했지. 조금 있다가 바로 일어섰거든."

이렇게 아기 적 모습을 일러 주면 재형이는 더없이 진지한 표정으로 귀를 기울인다.

아이들은 시간만 나면 책이 있는 공간에 모여 책 한 권씩 뽑아 읽는다. 지연이와 재형이를 보고 자란 민주 역시 그림책을 가져와 읽는다.

책을 읽던 재형이가 갑자기 신호가 왔다고 익살스런 표정을 지으며 화장실로 향했다. 그 뒤로 한 시간 가까이 함흥차사다. 아내는 걸레질을 하다

말고 화장실 앞에 섰다.

"문 열어 봐. 너 또 하루 종일 씻는 거니?"

"이것만 보고 나갈게요."

아무리 소리를 질러도 대답만 할 뿐 나오지를 않는다. 화장실은 아무에게도 방해받지 않고 책을 읽을 수 있는 재형이의 전용 독서실이기 때문이다.

"너 치질 걸리면 얼마나 아픈데!"

아무리 이야기해도 소용이 없다. 책을 한번 잡으면 다 볼 때까지 미동도 하지 않는 재형이. 왜 화장실에서 책을 읽느냐고 물으면 재형이의 대답은 간결하다.

"아무도 없어서 집중이 잘 돼요."

"무슨 애가 화장실에서 한 시간 넘게 책을 읽는지 모르겠어요. 재형이 습관이 나쁘니까 민주까지 덩달아 저녁 양치질 시간이 늦어져요."

아내가 투덜거렸다. 나는 이때야말로 기회라고 생각했다.

"여보, 차라리 이럴 바에는 재형이가 평소에 잘 안 읽는 책을 넣어 줍시다. 어차피 책에 정신이 팔리면 아무리 뭐라고 해도 못 들으니까."

그렇게 하면 평소 수학 서적만 읽는 편식을 고쳐 줄 수 있을 것 같았다.

나는 재형이에게 필요한 일반상식과 물리과학 분야 책을 선별했다. 어차피 하루에 한 번은 가니까. 화장실에 작은 책꽂이를 만들고는, 세상에 얼마나 다양한 책이 있는지, 이게 얼마나 재미가 있는지 알기를 바라며 여러 종류의 책을 분류해 넣어 두었다.

다음날부터 재형이가 화장실에 가기 위해 책을 몰래 꺼내는 기척이 들리면 당당하게 권했다.

"재형아, 네가 봤으면 하는 책이 화장실에 있다. 그냥 들어가."

"네."

부모가 아이에게 권하고 싶은 책이 있을 때 직접보다는 간접적으로 아이의 행동반경 안에서 자연스럽게 책을 노출시키는 것이 좋다. 부모가 먼저 읽어 보고 스토리를 설명해 주고 같이 읽는 것도 좋다. 하지만 이런 자극은 어디까지나 아이의 성향에 맞아야 한다. 던져만 준다고 아이가 읽는 게 아니기 때문이다. 억지로 읽으면 기억에 남지도 않는다.

나는 아이가 꼭 읽었으면 하는 책이 나오면 손이 잘 가는 높이에 맞춰 책을 꽂아 둔다. 책꽂이가 높으니까 수시로 읽는 책과 그렇지 않은 책을 적절하게 배치한다.

재형이는 공부나 책 읽기를 강압적으로 권하면 안 되는 아이다. 아이들마다 상황에 적절한 배려와 방법이 필요한데, 이때 자녀의 적성을 알아보는 눈과 판단력이 있으면 한결 통제하기가 쉬워진다.

무료로 드립니다

아내는 집에서 아이들을 양육하는 틈틈이 각종 사이트의 '무료로 드립니다' 코너를 휩쓸고 있다. 친척집에서 얻어 온 아이들 옷은 2년을 못 넘긴다. 아이들이 쑥쑥 자라기 때문이다.

부산으로 출장을 갔다가 대전으로 돌아오는데 아내가 전화를 했다. 아기 옷을 받게 되었으니 차를 몰고 집으로 바로 와 달라고 했다. 셋째 민주와 넷째 서준이 또래의 옷과 모자를 얻게 된 모양이었다. 요즘은 자녀를 많이 안 두는 탓에 옷을 물려줄 형제가 없다고 한다. 빨리 받으러 가지 않으면 못 받을지도 몰라서 아내는 나를 자주 대동한다. 약속한 아파트 단지에서 옷을 받아 차에 타기까지 5분도 걸리지 않았다.

가져온 박스를 열어 보니 건넨 이의 성품이 그대로 묻어났다. 반듯하게 개킨 여러 벌의 옷과 모자, 양말, 깨끗하게 세탁된 털신 한 켤레가 나왔다. 양말이 작아져 발꿈치가 발바닥에 있던 민주가 신기에 딱 알맞은 양말도 있었다. 두 아이의 월동 준비를 마쳐 속이 든든한지 아내는 농담을 건넸다.

"아휴, 애기 엄마가 아주 깔끔한 분이네. 여보, 나 오늘 돈 벌었어요. 이렇게 좋은 물건을 8천 원에 샀으니 말이에요."

새삼 여성 커뮤니티의 위력을 실감했다.

옷 한 바구니에 2천 5백 원 하는 벼룩시장은 아내가 가장 사랑하는 코너다. 아내와 나의 옷 모두 무료 코너 혹은 벼룩시장에서 마련하는데, 나 역시 아내가 고른 옷을 입는 데 거리낌이 없다. 옷뿐만 아니다. 김치 역시 백발백중 아내의 순발력으로 냉장고에 공수된다.

'김장했습니다. 맛보기 선착순 다섯 분이요!'

아내는 공지가 뜨기 무섭게 버튼을 누른다. 어쩌다 순위에 들지 못할 때도 있는데 그럴 때는 특단의 조치로 관리자에게 쪽지를 날린다. 그러면 아이가 네 명이라는 말을 듣고 여기저기에서 따뜻하게 배려해 준다. 이럴 때는 엄마들의 모성에 큰절을 하고 싶을 정도로 고맙고 또 고맙다.

어느 날 문득, 아내의 빈 화장대를 보며 물었다.

"여보, 당신은 왜 화장품을 안 사?"

"애기들 베이비 로션 같이 바르면 되지, 뭘 사요? 애 키우느라 시간도 없고 갈 데도 없는데."

"그래도 화장을 하고 어디 가는 거하고 안 하고 가는 거하고 느낌이 다르잖아."

"내 얼굴에 바를 화장품 살 돈 있으면 아이들 책을 사겠어요."

'그랬구나!'

나는 충격을 받았다. 그리고 밖으로 나가 끊었던 담배를 피웠다. 고운 사람을 데려와 너무 고생만 시키고 있다는 생각에 자꾸 눈물이 흘러 집 안으로 들어갈 수가 없었다.

아내의 바지런함은 아이들 책을 싸게 구입하는 곳에서도 빛을 발휘한다. 어떤 날은 출근하는 나에게 출판사 전화번호 수십 개가 적힌 종이를 건네면서 직접 찾아가서 전집을 사 오라고 했다. 그러면 30퍼센트 할인해 준다는 것이다.

민주가 정부에서 지원하는 어린이집에 가고, 서준이가 잠든 사이에 아내는 정보를 검색한다. 대전은 과학 도시라서 아이들이 직접 실험에 참여할 수 있는 무료 특강이 있다. 그런데 빨리 마감이 되기 때문에 손이 빨라야 한다. 아내는 발 빠르게 수업 참가 신청을 한다. 카이스트 영재 교육원 사이트를 통해 공지사항을 체크하는 일도 아내 몫이다.

지금은 좀 더 전문적인 일을 하지만 예전에는 현장에서 직접 전기 작업을 하느라 지방 출장이 잦았다. 자연히 가족과 떨어져 지내는 시간이 많아서 아내 혼자 아이들을 양육해야 했다. 그러다 오랜만에 집에 오면 식구들의 생활리듬이 깨져서 어색하기까지 했다.

"여보, 이러다간 아무래도 먼저 뻗어 버리겠어. 일주일에 하루도 못 쉬고 돌아다니니까 몸이 너무 힘들고, 가족하고도 데면데면하고……. 그래서 말인데, 내가 지방 출장 가서 주말에 집에 오기 힘들 땐 당신하고 아이들이 나한테 오는 게 어떨까?"

"맞아요. 그러면 되겠네요!"

아내는 흔쾌히 동의했다. 이후부터 가끔씩 아내는 아이들을 데리고 버스와 기차를 타고 내가 있는 곳으로 왔다. 그 지역 문화재를 구경하거나 맛있는 걸 먹으러 다니지는 못해도 나름대로 의미가 컸다. 아이들이 지도에서 낯선 지역을 찾아내고, 대중교통을 이용해 그 지역으로 가는 과정 자체가 설레는 일이었기 때문이다.

하지만 막상 식구들이 내가 있는 곳에 도착하면 대부분 늦은 저녁이었기 때문에 밀린 이야기를 나누다 잠이 들고, 다음날이 되면 집으로 돌아가는 게 다였다. 그래도 우리 가족에게는 정말 즐겁고 행복한 시간들이었다.

오늘 나는 아빠에게 갔다. 기차를 타고 갔다.

기차를 타서 어지러웠다. 흔들렸기 때문이다.

12시가 된 다음에 평택에 도착했다.

그래서 나는 아빠랑 집에 와서 조금 놀았다.

어떤 때는 내가 일하는 현장에 다 같이 가기도 했다. 그럴 때면 아내는 나의 보조가 되어 일을 도와주었다. 아이들은 아빠가 얼마나 힘들게 일하는지 눈으로 보고는 아빠를 생각하는 마음도 깊어지는지 아빠의 일에 대해 물어보고 고마운 마음을 얘기해 주곤 했다. 그리고 아빠가 하는 일에 대해 자랑스러워하기도 했다.

함께하는 시간이 많다 보니 아내와 아이들의 교육 방식에 대해 많은 이야기를 나누고 조율도 하게 되었다. 나는 아내가 아이들을 다루는 방법에 수긍하고, 아내 역시 내가 아이들에게 하는 말에 토를 달지 않았다. 서로 한마음으로 일관성 있게 아이들을 대하니 별 문제 없이 여기까지 오게 되었다. 무엇보다 부모의 악역을 분명하게 구분하고 실천했다. 아이들이 어릴 때까지는 아내가 악역을 맡았다. 하지만 아이들이 점점 크면서 권위 있는 아빠, 집안의 어른이 필요하다는 생각이 들어 내가 악역을 맡기로 했다. 사춘기가 된 지연이가 엄마에게 쌀쌀 맞게 반항할 때면 더 그런 생각이 든다.

"지연아, 엄마는 아빠 짝꿍이다. 아빠 짝꿍에게 그러면 서운하지. 아빠처럼 엄마를 존중해야 한다."

아빠가 진지하게 이야기하자 이제 아이는 한 번 더 생각하고 말한다. 하지만 지금 누리는 이 모든 행복은 다 아내 덕분이다.

재형이의
일기

2010년 3월 15일

제목: 아기

우리 엄마가 아기를 낳으셨다. 예정일이 4월 며칠이었는데 오늘 낳으셨다. 애기를 보았는데 태지가 조금 묻어 있어서 못생겼었다. 사진도 찍어서 집으로 가져갔는데 엄마는 내동생 민주와 같이 병실에 있어야 한다. 엄마가 아기를 낳은 덕분에 피자를 먹었다. 히히 그런데 아기는 몸무게가 좀 적었다. 우리 가족은 태어날 때 3킬로그램 이상이었는데, 걔는 2·몇 킬로그램이었다. 하지만 건강에는 문제가 없다. 엄마한테 좀 미안하지만 이런 날이 또 와서 피자를 또 먹을 수 있었으면 좋겠다. ︶︶

( )

3 월 15 일 월 요일	☀ ⛅ ☁ ☂ ☃
아기	

우리 엄마가 아기를 낳으셨다. 예정일이 4월 몇 일 이었는데 오늘 낳으
셨다. 애기를 보았는데 태지가 조금 묻어있어서 못생겼다. 사진도
찍어서 집으로 가져갔는데 엄마는 내동생민주랑 같이 병실에있어야
한다. 엄마가 애기를 낳은 덕분에 피자도 먹었다. 히히~그런데
아기는 몸무게가 좀 적었다. 우리가족은 태어났때다 3㎏이상 이었지만
개는 2,몇㎏이었다. 하지만 건강에는 문제가 없다. 엄마한테
좀 미안하지만 이런 날이 또와서 피자를 또 먹을수있었으 면좋겠다.
︶︶

카이스트
조기 입학기

학교도 다니고, 카이스트 영재 교육원에도 다닐 수 있게 되었을 때였다. 재형이에게 그 소식을 전하자 대뜸 이렇게 물었다.

"아빠, 이건 계속할 수 있는 거예요?"

형편 때문에 공부를 중단할 때마다 얼마나 상처를 받았으면 이런 말을 할까 싶어 가슴이 먹먹했다. 나는 이번만은 계속 다니게 해 주겠다고 굳게 약속했다.

재형이는 초등학교 1학년부터 3학년까지 토요일마다 하루도 빠지지 않고 열심히 수업에 참여했다. 눈비가 와도, 감기에 걸려도 빼먹지 않았다. 아이는 매일 수업을 들으러 가고 싶다고 일기를 써 놓고 잠들곤 했다. 하지만 이곳에서도 재형이는 마음껏 배울 수가 없었다. 정규 수업을 제외한 심화 수업료를 감당할 형편이 아니었기 때문이다. 게다가 7박 8일간의 해외

봉사 참가비가 너무 비싸서 재형이 혼자만 못 갔다.

"아빠, 저는 왜 못 가는 거예요?"

"재형이가 아직 어려서."

원하는 수업에 양껏 참여할 수 있는 영재 시스템이 만들어지면 좋겠다고 푸념 아닌 푸념을 했다.

맹부오천지교

여섯 식구가 반지하를 벗어나 지상으로 이사하던 날을 잊을 수가 없다.

"재형아, 여기가 우리 이사할 집이야. 좋아?"

"네, 아빠. 3층이라 좋아요!"

그러자 아이들은 기분이 좋아서 집 안을 뛰어다녔다.

"얘들아, 그렇게 뛰면 아래층에서 금방 올라온다. 발꿈치 들고 걷자."

그러자 아이들은 발레리나 흉내를 내며 키득키득 웃었다.

두 아이의 영재 교육을 위해 창원에서 대전으로 올라오고 나서 벌써 다섯 번째 이사였다. 결혼사진이 담긴 액자는 오래 전에 책장에 밀려 구석자리에 가 있었다. 뱃속에 넷째를 가진 아내는 조심해 가며 세간을 정리했다. 세간이라고 해 봐야 옷가지와 그릇 정도였지만, 책 상자 때문에 화물트럭이 가득 찼다. 이리저리 살펴보니 볕이 잘 들어 뱃속에 있는 서준이가 태어나면 아토피 없이 잘 키울 수 있을 것 같았다.

나는 아이들과 빌라 옥상에 올라가 점점 가까이 다가오는 구름을 올려다 보았다.

"재형아, 맹모삼천지교가 뭔지 알지?"

"맹자의 어머니가 아들을 위해 세 번 이사했다고 해서 만들어진 고사성어예요."

"그래, 아빠는 재형이를 위해 맹부삼천지교를 실천했다. 아니, 맹부오천지교구나."

나는 맹자 어머니를 본받아 이사 다니기를 참 잘했다고 생각한다. 가난한 환경에서도 아이를 위해 할 수 있는 일은 많다. 부모와 아이와 함께 꿈을 이야기하고 가꾸어 가는 일이야말로 가난을 이기는 방법일 것이다.

처음에는 기름 값을 아끼기 위해 온 가족이 카이스트까지 걸어 다녔다. 너무 덥거나 춥거나 시간이 없을 때는 대중교통을 이용했다. 그럴 때는 교통비와 간식비가 한 달에 40만 원 이상 들었다. 워낙 식구가 많으니 아무리 아껴도 막을 도리가 없었다. 그래서 이사를 온 것이다. 창원에서 대전으로도 이사했는데 한 번 더 옮기지 못할 이유가 없었다.

옥상에서 뛰어놀던 아이들이 배가 고픈 모양이었다.

"우리 옥상으로 자장면 배달시켜 먹을까?"

"좋아요!"

여섯 식구가 옥상에서 신문지를 깔고 자장면을 먹었다. 과연 이 집에서는 얼마나 버틸 수 있을까 싶었지만 이내 털어내었다.

"우리 여름에는 여기에서 고기 구워 먹자."

"아, 저는 곁에서 형설지공(螢雪之功)할게요."

재형이가 씩씩한 목소리로 말했다.

"무슨 뜻이니?"

"가난한 사람이 반딧불하고 흰 눈을 불빛삼아 공부한다는 뜻이에요."

"아, 우리는 형월지식(螢月之食)이다. 달빛으로 식사를 하니까."

우리는 입가에 까만 자장 소스를 묻힌 채 기분 좋게 웃었다.

새로 이사한 집에서 초등학교와 카이스트까지는 15분이면 갈 수 있었다. 재형이는 학교 수업과 카이스트 수업을 듣는 틈틈이 형들과 운동장에서 축구를 했다. 아내는 길에서 흘려보내던 시간에 감자와 옥수수를 쪘고, 아이들은 밤마다 책장 앞에 모여 돌아가며 동요를 부르거나 책을 읽었다.

나의 꿈은 수학자

카이스트 수업은 수학, 문화(CT), 과학이었는데, 모두 영어로 진행되었다. 과제도 제법 많았다. 일주일에 한 번 수업이 있는데, 세 시간 동안 진행되었다. 재형이는 카이스트에서 내 주는 숙제를 무척 좋아했다. 영어로 써야 하고, 자료 조사도 많은데 오히려 즐거워했다.

아이의 수업과 나의 출장 일정이 겹치는 날도 있었다. 아내는 아이를 데려다주고 막내에게 젖을 먹이기 위해 다시 그 먼 길을 걸어 집으로 갔다.

아내와 내가 재형이를 위해 이렇게 까지 애쓰는 것은 아이가 자신이 하고 싶은 일을 정확하게 알고 도전하는 모습이 경이로워서다.

내 이름은 김재형이다.

나의 꿈은 원래 수학자이다.

하지만 평생 수학책만 보고, 수학만 연구하고 우물 안 개구리가 되어 있으면 삶의 가치가 있을까? 과학, 경제, 자연 다방면으로 파고들어야 삶의 가치가 있다고 생각한다.

나는 (이 글의) 주제의 이름을 아직 못 정했다.

내 생각으로는 '21세기의 발전의 단점과 그 해결 방법'이 적당할 것 같다.

이제 본격적으로 설명에 들어가겠다.

옛날에는 사람들이 원시적으로 살았다.

그 사람들에게 제일 중요한 것은 내 추측이지만 '불'이었을 것 같다.

통나무와 통나무를 비벼 마찰력을 이용해 불을 지피고 부싯돌을 이용해 불을 발견했다.

요즘, 즉 21세기에는 불로 거의 모든 것을 다 만든다.

용광로에서 쇠를 녹여서 쇳물을 만들어 굳힌 다음 칼도 만들고…… 많이 만든다.

조금 더 지나서 사람들은 거듭된 실험을 통해 목숨이 위험한 사고를 당하는 위험을 감수하면서도 항상 생활이 편리해지는 것을 추구해왔다.

지금 21세기, 비상이 걸렸을 수도 있다. 시간이 흐를수록 수학·과학적 이론 이 많아지고 발명품들도 많아지는데 그러면서 생활은 더 편리해진다.

아마도 28세기 정도(?) 되면 집마다 거의 다 로봇을 1대 이상 갖고 있어 칩 을 통해 생각만 해도 바로 전달이 돼 사람들이 나태해질 수 있다.

지금 이 글을 쓰고 있는 내 뒤에서도 나태함의 그림자가 덮쳐 오고 있는지 도 모른다.

하지만 지금은 문명 시대인데 그 힘들게 만든 발명품들과 연구 자료를 다 없앨 수는 없다. 그렇다면 어떻게 지금 우리 뒤로 덮쳐 오는 나태함의 그림 자를 어떻게 막을 수 있을까? 어떤 방법이 없을까? 라는 생각을 했다.

어느 날 노트에서 발견한 재형이의 작문이다. 그날 나는 아이가 수학을 공부하며 수학자와 숫자에만 관심을 두는 게 아니라 세상을 보다 크게 읽 고 해석한다는 사실에 놀랐다. 아이가 그동안 공부한 수학과 문학, 어학 등 여러 분야의 학문이 하나로 연결되어 커다란 나무를 만드는 느낌. 아이들 이 책을 많이 읽으면 세계관이 넓어진다는 게 무슨 뜻인지 깨달은 순간이 었다.

재형이는 어려서부터 《수학귀신》, 《수학의 정석》 등을 읽고 내용을 일기 장에 정리하거나 혼자 문제를 만들어 풀었다. 삼각함수, 피타고라스의 정 리, 루트, 사인, 코사인, 탄젠트, 역 탄젠트 등 여러 가지 기호에 대한 정의를 적기도 했다.

일기를 몰래 읽을 때마다 정말 희한하고 도무지 믿기지 않는다.

"재형아, 이런 수학 문제들 말이야, 모두 알고 한 거니?"

"네, 알아요."

"어떻게 안 거야?"

"책에 다 나와 있어요."

"책만 보고 이해가 되니?"

"네, 조금 알 것 같아요. 그런데 아빠, 제 일기 그만 좀 보세요."

그날 정말 궁금해서 물었다가 결국 한마디 듣고 말았다.

한동안은 방정식에 관한 문제가 많이 나타났다. 아마도 방정식에 발이 묶여 고민하던 중이었을 것이다.

녀석은 숫자나 문자, 기호 같은 것에 유독 관심이 많다.

"아빠, 이런 걸 어떻게 다 알아냈을까요? 정말 대단한 사람들이 많아요."

재형이가 정말 신기하다는 듯이 말했다. 난 속으로 대답했다.

'내 눈에는 그런 생각을 하는 네가 더 신기하다.'

2009년 4월 14일 수요일

제목: 없음

오차방정식은 포기했다. 아벨이 다 증명해 놓은 걸 또 한다고 해서 수학사에 큰 기여를 할 수 있을까? 남이 해 놓은 건 다 아는 건데 베끼면 안 되지. 항상 새로운 것을 생각하고 추구하고 메모하는 습관을 길러야 된다.

재형이는 접었던 꿈을 카이스트 수업을 통해 다시 펴기 시작했다. 이틀 동안 머리를 싸매고 고민하던 문제를 풀고 나서 한국과학영재학교를 방문했을 때 재형이는 머루같이 검은 눈동자를 빛내며 말했다.

"아빠, 저는 세계적인 수학자가 되어 필드 상을 받고 싶어요."

"필드 상이 뭔데?"

"캐나다 수학자 필드의 유언에 따라 만든 상인데 수학 분야에서 뛰어난 업적을 이룬 학자에게 줘요. 수학계의 노벨상이에요. 우리나라에서는 아직까지 받은 사람이 없어요."

재형이가 시험지에 답을 적기 위해서가 아니라 진심으로 수학을 좋아하는 것 같아 다행이었다. 또 그 학문을 통해 장차 나라의 위상을 드높일 수도 있다고 생각하니 정말 다행스럽고 고마웠다.

카이스트 수업이 끝나면 아이들은 자신을 데리러 온 부모를 보고는 손을 흔들었다. 어쩌다 재형이 혼자 남는 날은 선생님이 돌봐 주었다. 이 시간에 재형이는 수업 시간에 이해하지 못한 부분을 선생님께 물어보았다. 카이스트 수업을 듣는 대부분의 아이들은 따로 학원을 다니며 카이스트에서 내주는 과제물을 소화했는데, 재형이는 혼자서 했기 때문에 고등 정석을 해내기가 힘에 부쳤던 것이다.

아내가 재형이를 데리러 숨이 턱밑까지 차게 달려가는 모습이 눈에 선했다. 우리 가족은 교통비를 아끼기 위해 5~6킬로미터 정도 되는 거리는 걸어 다녔다. 내가 잦은 출장으로 자리를 비울 때, 재형이의 카이스트 등하교는 아내의 몫이었다. 이런 날 아내는 몸이 서너 개면 좋겠다고 했다. 너

너무너무 바쁠 때는 택시 태워 학교에 보냈는데, 비용이 만만치 않았다.

지난 3년간 걷고 뛴 덕분에 아내의 피부와 머리카락은 몹시 거칠어졌다. 찬바람을 맞으며 한 시간 넘게 걸은 날은 따뜻한 집 안으로 들어오기가 무섭게 여기저기가 가렵다고 했다. 선선한 봄, 가을은 문제없는데 추운 겨울과 여름은 고생이 이만저만이 아니었다. 집에 갔다가 다시 오기가 힘든 계절에는 망부석처럼 수업이 끝나기만 기다렸다. 심한 기침감기에 걸린 날도 마찬가지다.

어느 날은 온 가족이 재형이를 기다렸다. 겨울 교정에 쌓인 눈을 뭉치거나 따뜻한 봄바람에 흔들리는 풀꽃을 꺾으며 재형이가 수업을 마치고 나오기를 기다리는 것이다. 우리의 기다림은 아이에 대한 믿음의 표현이자 애정의 표현이요 아이의 꿈을 위한 소리 없는 응원이었다.

영재의 조건

초등학교에 입학하자마자 재형이는 학교장과 교육감의 추천으로 카이스트 글로벌 영재 교육원에 응시할 수 있는 기회를 얻었다. 본래는 초등학교 3학년부터 입학 자격이 주어지는데, 특별한 경우였다.

"어리지만 영재가 분명한데 굳이 2년이 넘는 시간을 허비할 필요가 없지요."

아직 시험을 쳐서 합격을 한 것도 아니고, 응시할 기회가 주어졌을 뿐인데도 가슴이 벅찼다.

"재형아, 너의 질문에 뭐든 대답해 줄 수 있는 선생님들이 계신 곳이야."

내 말에 재형이는 발을 구르며 좋아했다. 아끼던 연필 한 자루를 제 누나에게 선뜻 주기까지 했다.

결국 재형이는 시험을 쳐서 당당히 합격했고, 다른 학부모들은 불만을 터뜨렸다. 원칙에 어긋나는 응시생 때문에 다른 학생이 기회를 잃었다는 것이다. 재형이는 전문 기관에서 인정한 영재가 분명한데 뭘 그러느냐고 볼멘소리를 하고 싶었지만 꾹 참았다.

재형이가 카이스트 영재 교육원에서 많은 걸 배울 수 있다는 사실에 근심은 덜게 되었지만 주위의 차가운 반응에 아내와 나는 깊은 잠을 잘 수 없었다. 맨 처음에 들어간 영재 교육원 일이 반복되는 기분이었다. 그리고 아이가 카이스트에 등교하는 횟수가 거듭될수록 우리 부부의 가슴에 열등감이 자라기 시작했다.

"네 키만큼 돈을 들였어. 그러니까 공부 열심히 해."

이와 비슷한 말을 하는 부모들을 몇 번이나 보고 나니 다리에 힘이 쏙 빠졌다. 나는 차도 주차장에 세우지 않고 보이지 않는 곳에 세웠다.

"아빠, 오늘 선생님이 설문지를 나눠 주면서 자기가 다니는 학원 수를 적으랬어요."

"그래, 누나하고 형들은 학원을 몇 군데나 다닌대?"

"제일 많이 다니는 형은 열 군데, 가장 적게 다니는 형은 네 군데 다닌대요. 아빠, 나는 아무것도 안 쓰고, 손도 안 들었어요."

나는 재형이가 또래들과 생활환경이 달라서 주눅이 들까 봐 늘 걱정이었다. 혹시 좋은 환경을 접해 보지 못해서 아이들과 대화하는 데 지장은 없는지, 수업은 잘 따라가는지, 걱정이 가실 날이 없었다.

"형하고 누나들은 영어로 말하는 걸 너무 잘해요. 나도 공부해서 열심히 할 거예요."

고맙게도 아이 표정에는 근심 같은 게 전혀 없었다. 오히려 너무나 행복에 겨워 식사 시간이면 수업 시간에 알게 된 새로운 사실들에 대해 설명하느라 입에 밥이 들어갈 틈이 없었다.

카이스트 글로벌 영재 교육원은 1년 과정이라 재입학하려면 해마다 시험을 쳐서 합격해야 한다. 창의력 지필 고사와 문제 해결 능력 그리고 면접 등을 본다. 예를 들면 '어떤 사람이 방문을 열고 3초 만에 불을 끄고 침대에 누워서 잠을 자고 있다. 어떻게 했을까?' 하는 문제를 낸 후, 아이들이 어떤 방법으로 식을 세워서 문제를 푸는지 지켜본다. 아이의 다양한 문제 해결 능력, 문제에 접근하는 창의력을 눈여겨보는 것이다.

재형이가 2년째 연달아 합격하자 연구원 측에서 재형이에게 특별 교육을 시키라고 했다. 하지만 본 수업 외에 일체의 교육비 혜택이 없었기 때문에 특별 교육에 대한 비용은 전적으로 나의 몫이었다.

우리는 재형이에게 필요한 특별 수업을 받기 위해 학교장 추천으로 글로벌 인재 육성 장학금을 받을 수 있는지 알아보았다. 그리고 주위 사람들 덕분에 부산에 있는 다세사(다함께 잘 사는 세상을 만들려는 모임)라는 단체로부터 1년 동안 장학금을 받게 되었다. 턱없이 모자라는 금액이었지만 우리 부부에게는 너무나도 귀중하고 값진 돈이었다.

나는 아내에게 초등학생을 지원하는 장학 재단이 있는지 한번 알아보라고 했다. 알아보니 초등학생을 위한 장학 재단은 한 군데도 없었다. 참다 못 해 국내 모든 장학 재단에 전화를 걸었지만 하나같이 규정을 내세우며 거절하기 바빴다.

그렇다면 과연 이 많은 장학 재단은 다 누구를 위해 있는 걸까? 왜 우리 아이는 기회를 얻을 수 없는 걸까? 정말 잠재력이 있는 학생이라면 나이에 상관없이 키워 줘야 하는 게 아닐까?

'글로벌 인재 육성'이라는 말은 도처에서 들리는데, 현실에서는 찾을 수 없는 말이었다. 선진국은 정부에서 어린 인재들을 발굴하는 데 전력하고 있다고 하는데, 대전에 사는 나에게는 너무 먼 나라 이야기일 뿐이었다.

아이를 좀 더 잘 키우려면 부모가 경제적으로 아주 넉넉해야 하는 게 현실이었다. 세상엔 나와 똑같은 고민을 하고 있는 부모들도 많을 것이고, 그들도 나와 같이 깊이 잠들지 못할 터였다. 같은 처지에 있는 사람들끼리 좋은 자료를 공유하고, 현실을 이겨 낼 힘을 길러야 한다고 생각했다. 가난이 부끄러워 숨거나 포기하지 말고 자꾸 목소리를 키워 현실에서 소외되지 않을 법을 찾아야 한다는 생각이 들었다.

영재도 10년 안에 잠재 능력을 계발시키지 않으면 지극히 평범해진다고 했던 전문가의 말이 매일 밤 심장을 두드렸다. 멈추지 않고 찾아드는 아이 미래에 관한 걱정이 언제나 해결될지 모르겠다.

재형이의 일기

2010년 3월 16일

제목: 《기하학원론》

내일 모레 내가 원하던 책 《기하학원론》이 온다.

기하학이란 어떤 여러 가지 도형을 통해서 선과 각도가 어떤 비율인지, 혹은 어떤 관계가 있는지를 연구하는 학문이다. 수학자들은 거의 다 그 책을 봤고, 그래서 나도 그 책을 보고 싶었던 것이다.

제 1, 2, 3, 4 권은 평면기하, 5, 6, 7, 8, 9권은 비율, 수, 10, 11, 12, 13권은 공간기하이다. 세심하게 나와 있으니 참 재미있을 것 같다.

예정 날짜보다 더 빠른 내일 왔으면 좋겠다.

3 월 16 일 화 요일	☀ ⛅ ☁ ☂ ☃
기하학원론	
내일 모레 내가 원하던 책 "기하학원론"이 온다, 기하학이란	
어떤 여러가지 도형을 통 해서 선과각도 가 어떤비율인지, 혹은 어떤관계가	
있는 기를이기하던 학문이다. 수학자들은 거의다 그책을 봤고, 그래서 나도그책	
을 보고싶었던 것이다. 제1,2,3,4권은 평면기하, 5,6,7,8,9권은 비율,수,	
10,11,12,13권은 공간기하이다. 세심하게 나와있으니 참 재미있을 것같다.	
예정날짜보다 더 빠르 내일 왔으면 좋겠다.	

저녁 식사를 마치고 오랜만에 온 가족이 동네로 산책을 나갔다. 나는 지연이와 이야기를 하면서 걸어갔다. 내 걸음이 빨랐던 모양이다.

"아빠, 엄마랑 오빠가 아직 안 왔어. 기다렸다 같이 가요."

셋째 민주가 말했다.

민주는 네 살밖에 안 됐는데도 늘 가족을 챙긴다. 누군가 뒤에 처져 있으면 기다리라는 사인을 보낸다. 아까 민주가 책가방과 필통을 만졌다고 화내던 재형이도 이럴 때만큼은 동생 볼에 뽀뽀를 한다.

"아빠, 우리 반에 어떤 누나가 있는데 엄청 수다쟁이예요. 선생님의 질문에 혼자 5분 넘게 발표해요. 아, 정말 부러워……."

재형이가 너무 부럽다는 표정을 지었다.

재형이는 책을 통해서 언어를 배웠기 때문에 말하기에 한계가 있는 듯 했다. 재형이는 머릿속에 있는 생각이 문법적으로 정확하게 만들어지지 않으면 입을 안 열었다. 자기 검열이 너무 심해서 완벽하지 않으면 입을 안 여는 것이다. 그러다 보니 수업 시간에도 재형이의 목소리를 듣기가 어렵다. 질문에 간단히 대답은 할 수 있지만 재형이의 욕심에 비하면 말하기 실력이 턱없이 부족하다. 어쩌면 그래서 재형이가 더욱 수학에 집중하는지도 모른다.

나는 문제에 부딪힐 때마다 주변의 정보를 적극 활용하기로 했다. 돈을 들이지 않더라도 전문가의 의견을 듣기 위해 강좌에 참여하거나 메일을 보냈다.

"우리 아이가 형편이 어려워 집에서 책으로만 영어를 익혔습니다. 현재 말하기와 듣기가 약합니다. 어떻게 지도하면 좋아질까요?"

어느 날은 회화 수업을 한 번도 들어 보지 못한 재형이가 영어로 진행되는 카이스트 수업을 어떻게 버텨 낼까 걱정하다가 전문가에게 상담을 요청했다.

전문가는 홈스쿨링을 통해 외국인 친구를 만들면 된다고 했다. 너무도 실망스러웠다. 현실적으로 도저히 실천하기 힘든 방법이었기 때문이다. 재형이와 함께 카이스트 수업을 듣는 아이들은 거의 다 외국에서 살았거나 영어 유치원을 나온 아이들이었다. 이 아이들 부모 역시 영어 실력이 좋아서 카이스트에서 내 준 과제를 도와주었다.

특히 사이언스 페스티벌이라고 해서 한 번씩 돌아가며 과제를 발표하는 시간이 있는데, 우리는 과제물 준비가 허술해서 늘 부끄러웠다.

어느 날, 똑같은 씨앗을 다섯 알씩 나눠 주고 시간을 두고 자료를 수집해 결과를 보고하라고 했다. 식물에게 물을 주었을 때, 소금을 주었을 때, 간장을 주었을 때 싹의 성장 시기와 변화를 포트폴리오로 만들어 발표하는 것이었다.

재형이는 싹이 하루하루 변화하는 걸 사진으로 찍어서 프린트를 한 다음 볼펜으로 내용을 써 가지고 갔다. 그런데 내놓기가 부끄러웠다. 다른 아이들 모두 영상물로 제작을 해서 프로젝트로 쏘며 결과 보고를 했기 때문이다. 사진도 인화해 오는 대신 필름으로 준비해 왔다. 소소한 과제였지만 생활환경의 차이를 극명하게 보여 주는 순간이었다.

하지만 재형이는 명랑한 태도로 버텨 냈다. 수업 시간에 발표를 잘한 형들에 대해서 재잘재잘 이야기했다.

"엄마, ○○형은 도형을 잘해요. 나는 잘 못하는데 자극받아서 앞으로 보완하기로 했어요."

재형이는 상대의 장점을 알아보고 본받으려고 애썼다.

하지만 두 가지에서는 크게 주눅이 들었다. 한 가지는 형과 누나들이 영어로 자유롭게 말을 주고받는 모습, 한 가지는 형과 누나들이 해외여행을 많이 하는 것이었다. 자신은 책과 지도를 통해 만나는 나라를 형과 누나들은 방학 때면 가 본다는 사실을 무척 받아들이기 힘들어했다.

재형이가 얼마나 많은 시간을 눈물을 흘리며 욕심을 달랬을지 난 누구보다 잘 알고 있었다. 그나마 다행인 것은 가슴 아픈 현실에 부딪힐 때마다 재형이가 책에서 돌파구를 찾았다는 것이다.

하루는 재형이가 장애를 가진 몸으로 세계를 일주한 인물에 대해서 읽고 크게 감동했는지 1박 2일 동안 그 사람 이야기만 했다.

"아빠, 그 사람은 다리가 없어서 어려서부터 보드판 위에 얹혀 이동하는데, 결코 좌절하지 않고 친구들하고 농구도 하고 축구도 한대요. 모든 사람들이 불쌍하다고 생각했지만, 이 사람은 좌절 같은 건 안 한대요."

"그래, 정말 훌륭한 사람이다. 재형아, 아빠는 그 사람처럼 용기를 내지 못했을 것 같은데 너라면 어땠을 것 같니?"

"저도 힘들었을 것 같아요. 그래서 그 사람이 대단한 거예요."

자신이 그 사람이라고 상상해 보면서 나와 아이는 조금 큰 것 같았다.

"아빠, 우리 손잡고 걸어요."

재형이는 기분이 좋아지고 싶었는지 내 손을 잡았다. 나는 일부러 손을 뿌리치며 말했다.

"하지 마, 하지 마, 하지 마."

재형이 눈이 끼고 있는 안경처럼 동그랗게 커졌다.

"방금 기분이 어땠니?"

내가 묻자 재형이가 시무룩한 표정으로 대답했다.

"기분이 안 좋았어요."

"거 봐. 아까 네가 나처럼 했을 때, 민주도 마음이 안 좋았을 거야. 아빠는 네가 동생을 잘 타이르고 달래 주었으면 좋겠어."

"네, 그럴게요."

우리 부자는 씩 웃고는 손을 꼭 잡고 걸었다.

제목 : 카이스트 실험

6월 5일날 Science Festival이어서 오늘 내 팀이 서기완 형아네 집에 모여서
실험을 했다. 주제는 물 폭탄이었는데 일회용 접시에 계량컵을 이용하여 질량비
약 2:1:1 비율만 탄산수소나트륨, 시트르산, 전분을 넣고 잘 섞은 다음에 스프레
이 용기에 물을 넣고 20회 정도 뿌린 다음 뭉친다. 그걸 Cold Water에 넣으면
분자들의 활동이 활발하지가 않아서 반응이 잘 안 일어나지만 더운 물에 넣으면
거품이 일어난다. 더운 물에서의 기체의 용해도가 작아서 이산화탄소 기체가 잘
녹지 못하기 때문이다.

물 폭탄의 원리는

$NaHCO_3 + C_5H_7O_5COOH \rightarrow C_5H_7O_5COONa + H_2CO_3 \rightarrow$

$C_5H_7O_5COONa + H_2O + CO_2$

구연산 : $HOOCCH_2(OH)(COOH)CH_2COOH = C_5H_7O_5COOH$

물 폭탄 속의 구연산이 물에 녹아 산성용액이 되며 이 산성용액과 탄산수소나트
륨이 만나 이산화탄소 발생하게 된다.

2010 년 5 월 31 일 월 요일   날씨

6월5일날   카이스트 실험

6월 5일날 science Festival 이어서 오늘 내 팀이 시기만 형아네 집에 모여서 실험을 했다. 주제는 물폭타이었는데 일회용 접시에 계량컵을이용하여 질량비약 2:1:1 비율만큼 탄산수소나트륨, 시트르산, 전분을 넣고잘섞은 다음에 스프레이용기에 물을넣고 20회 정도 뿌린다음 뭉친다. 그걸 cold water에 넣으면 분자들의 활동이 약 발하지가않아서 반응이 잘안있어지지만 더운물 어I 넣으면 거품이 일어난다. 더운물에서의 기체의 용해도 가작아서 이산화탄소 기체가 잘 녹기못하기때문이다.

물폭타의 원리는

$$NaHCO_3 + C_5H_7O_5(COOH) \rightarrow C_5H_7O_5COONa$$
$$+ H_2CO_3 \rightarrow C_5H_7O_5COONa + H_2O + CO_2$$

구연산: $HOOC(CH_2(OH))(COOH)CH_2COOH = C_5H_7O_5COOH$

물폭탄속 의구연산이 물에 녹아 산성용액이되며 이산성액과 탄산수소나트륨이 만나 이산화탄소 발생하게 된다.

내 마음이
들리니?

얼마 전까지 새끼 도둑고양이를 길렀는데, 어쩔 수 없이 다른 집에 보내야
했다. 야성이 너무 강해서 아이들을 자주 물었기 때문이다. 아이들이 너무
서운해 하자 아내는 고민 끝에 인터넷을 통해 새로운 가족을 들였다. 바로
고슴도치 암수 한 쌍이었다.

우리는 각자 고슴도치에게 입김을 후 불어 주었다. 고슴도치는 소리와
냄새에 민감하고, 적인지 아닌지를 냄새로 확인하기 때문에 가족의 냄새를
인식시켜 준 것이다.

1년 동안 고돌이와 고순이를 키우면서 아이들은 고슴도치에 대해 잘 알
게 되고, 동물을 대하는 마음도 성숙해졌다.

"누나, 고돌이, 고순이 밥 줬어?"

"응. 네가 똥만 치워 주면 돼."

애완동물이 아이들 정서에 좋다더니 정말 그런 것 같았다.

알아맞혀 보세요

재형이의 학교 가는 즐거움은 2학년 담임선생님을 만나면서 최고조에 올랐다. 나이 지긋한 남자 선생님이었는데 수업 시간마다 재형이가 흥미 있어 할 이야기를 많이 해 주었다.

"애들아, 혹시 '복소수' 라는 아이 얘기 들어 봤니?"

선생님은 초등학교 저학년이 들어 볼 수 없는 복소수와 정수, 유리수의 기초 개념을 재미있게 풀어서 이야기해 주었다. 재형이는 수업 시간에 발표를 잘하지 않는데, 선생님의 질문에는 번쩍번쩍 손을 들었다. 자신 있게 대답할 수 있는 시간이 생기니 매일 밤마다 어서 아침이 되어 학교에 가기만 기다렸다.

"아빠, 오늘은 제가 반 아이들 수학 시험지를 전부 채점했어요. 아, 뿌듯해요."

선생님이 문제를 제일 먼저 다 푼 사람에게 시험지를 전부 채점하도록 하는데, 자기가 가장 먼저 풀었다며 자랑했다. 재형이가 전학을 하느라 그 선생님과 함께한 시간은 한 학기뿐이었지만 아이가 교실 수업의 즐거움을 제대로 느낀 시간이었다.

3학년이 되자 재형이는 예전만큼 학교 이야기를 많이 하지 않았다. 재형이의 말이나 퀴즈에 맞장구를 쳐 주는 친구가 드물기 때문이었다.

"얘들아, 학교 종을 다섯 번 치는 데 5초가 걸려. 그럼 여섯 번 칠 때 몇 초가 걸리는지 알아?"

"당연히 6초지."

"아니 6.25초야. 왜냐하면 다섯 번 땡, 땡, 땡, 땡, 땡 울릴 때 간격이 네 번이고, 한 번 간격에 1.25초가 걸리니까 1.25×4＝5초, 그러니까 여섯 번 울리면 간격이……."

열심히 설명하다 보면 친구들은 딴 데를 보고 있다고 했다. 그리고 서둘러 화재를 바꾼다고 했다.

"아, 알았어. 나 알아. 그만 해."

재형이 딴엔 틈틈이 유머 책을 보며 갈고 닦은 건데, 호응이 없으니 얼마나 속이 상했을지 알 것 같았다.

"애들이 자꾸 말을 끊어서 문제를 잘 못 내겠어요. 휴, 그래도 친구들에게 모르는 수학 문제를 설명해 줄 때는 좋아요."

그래도 재형이의 유머 욕심은 쉽게 수그러들지 않았다. 며칠 전 단짝에게 들려주었다는 이야기는 나조차 썰렁한 반응을 보여 재형이를 좌절시켰다.

"바보들이 4백 미터 달리기를 했는데, 그 중 한 명이 제일 먼저 달려 들어오면서 뭐라고 했을까요?"

"몰라……."

"세상 참 좁구먼! 하하하하, 웃기죠?"

나는 헛기침을 하며 재형이에게 농담의 수위를 좀 더 낮추라고 했다. 재형이는 머리를 긁적이며 씩 웃었다.

아침 여섯 시, 재형이는 자고 있는 엄마 머리맡에 앉아 퀴즈를 내기 시작했다.

"엄마, 이 문제 맞혀 보세요."

아내는 기가 막혔지만, 꾹 참으며 문제에 귀를 기울였다.

"갈래길 앞에서 참말만 하는 사람과 거짓말만 하는 사람이 있을 때 길을 제대로 찾아가려면 어떻게 물어보면 될까요?"

아내는 문제를 풀어 보려고 최선을 다했지만 문제 자체를 이해하는 일조차 만만치 않았다.

"제가 답을 알려 드릴게요. 내가 '오른쪽 길로 갈 겁니까?' 하고 물을 때 거짓말은 '아니오.'라고 하고, 참말은 '네.'라고 할 때 오른쪽으로 가면 돼요. 반대로 내가 '왼쪽으로 갈 겁니까?' 하고 물을 때, 거짓말은 '아니오.' 참말은 '네.'라고 하면 왼쪽으로 가면 돼요."

아내는 답을 듣고 나더니 이해하기가 더 힘든 모양이었다.

"《이야기 패러독스》라는 책에서 본 걸 바탕으로 문제를 만들어 봤어요."

"그래, 재형이 잘했다. 어서 가서 더 자. 오늘 일요일이야."

아내는 어리둥절한 채로 다시 잠을 청했다.

엄마, 왜 제 이야기를 안 들으세요?

우리 집 아이들은 어려서부터 주어, 목적어, 서술어 순의 문장으로 말하고 표준어를 사용하면서 의사를 신중하게 표현하는 습관을 들였다. 사물 하나를 표현할 때도 그냥 생각나는 대로 이야기하지 않고 문장을 고민한 다음 정확한 단어를 선택하려고 노력하는 것이다. 그러다 보니 또래 아이들보다 말도 발음도 정확하다. 가끔 어른스러운 말투를 구사하는 단점이 보이기는 하지만 가장 큰 단점은 한없이 긴 이야기를 경청해야 한다는 사실이다.

상황은 다급한데, 아이가 조리 있고 정확한 언어를 사용할 때까지 기다리는 일은 참으로 어렵다. 짧게 말해 주면 얼마나 좋을까 애가 탄다. 그런데 아이들은 이미 완벽한 문장으로 말하는 게 습관이 되어 버려서 엄마, 아빠의 속 타는 심정을 모른다. 문장이 완성될 때까지 계속 반복하는 것이다. 어쩌다 끝까지 아이의 말에 집중하지 않으면, 한 시간이고 두 시간이고 자리를 떠나지 않는다. 특히 자기주장이 강한 재형이는 이런 부분에서 아내와 자주 대립한다.

"엄마, 왜 제 이야기를 안 들으세요?"

젖먹이를 업고 장을 본 아내는 집으로 돌아오는 내내 저녁 반찬에 대해 생각하느라 아이 말을 무시했다. 재형이는 현관에 들어선 그때부터 두 시간 동안 그 자리에 쪼그리고 앉아 훌쩍거렸다.

"여보, 재형이가 책 이야기를 귀담아듣지 않았다고 울음이 터졌어요."

아내에게 전화로 전후 사정을 들은 나는 재형이를 꼭 끌어안고 잠자리에 들었다. 엄마가 할일이 너무 많아서 재형이에게만 시간을 낼 수 없다는 것을 이해시키기 위해 나는 전래동화를 개작해 들려주었다.

"오늘은 아빠가 특별히 재미있는 이야기를 해 줄게."

재형이는 통통 부은 눈을 하고는 고개를 들었다.

"옛날 어느 숲속에 곰돌이 식구가 살았어요. 곰돌이 아빠는 멀리 일하러 가서 곰돌이 엄마랑 아이들만 살고 있었대요. 곰돌이는 너무너무 배가 고팠어요. 그래서 곰돌이 엄마는 아침 일찍 산에 올라가 열매를 땄어요. 겨울이라서 열매를 구하기가 얼마나 힘들었는지 몰라요. 하지만 곰돌이 엄마는 배고파 우는 아이들을 생각해서 열심히 열매를 구하러 다녔어요."

나는 아내와 아이들을 곰돌이 식구로 비유해서 때로는 스릴이 있게, 때로는 눈물 나게 이야기를 꾸몄다. 이야기가 끝나자 재형이는 눈물을 닦으며 베개를 들더니 엄마가 자는 방으로 갔다. 그리고 다음날 엄마 품에서 눈을 떴다.

2008년 1월 14일

왜 그랬을까? 수학 문제를 조금만 더 생각했으면 잘했을 텐데.

내가 잘 이해를 못 해서 그런 건데 엄마는 내가 생각할 틈을 하나도 안 주시는 것 같다. 하지만 나에게도 잘못이 있다고 생각된다. 다음에는 더 잘해야지.

하루 온 종일 집에서 아이들 뒤치다꺼리를 하는 아내의 자리는 결코 쉬운 자리가 아니다. 아내들은 육아 과정에서 몇 차례씩 우울증을 겪는다. 그런데 많은 남자들이 이런 사실을 모른다. 밖에서 직장 상사 눈치 봐 가며 일하는 것이 더 힘든 일이라며 아내의 우울증을 가볍게 여기기까지 한다. 가족 중 한 사람이라도 스트레스를 받거나 우울해 할 때 함께 극복하지 못하면 아이들에게까지 불행한 감정이 전염된다.

처음에 아내는 책 세상에 빠져 아무리 불러도 대답하지 않는 재형이를 오해해 소리를 질렀고, 재형이는 엄마가 자신을 미워한다고 생각했다. 아내가 젖먹이를 돌보느라 재형이의 이야기를 들어 주는 시간이 줄어들자 재형이는 엄마의 사랑을 빼앗겼다고 생각하곤 힘들어했다.

자기주장이 강한 아이들은 상대가 자신의 이야기에 주목하지 않으면 큰 상실감을 맛본다. 그래서 자주 고개를 끄덕여 주어 아이에게 심리적으로 안정을 주고, 바빠서 이야기를 들어 줄 시간이 없으면 왜 들어 줄 수 없는지 자세히 설명해 주어야 한다. 그리고 다음 기회에 더 많은 이야기를 들어주고, 재미있는 이야기를 해 주는 방식으로 보상해 주어야 한다.

아내와 재형이 사이의 작은 불화를 옛날이야기로 다스리며 새삼 소통의 중요함을 깨달았다.

새 학년이 시작되면 나는 큰아이와 작은아이 교실을 찾아간다. 교실 문을 열고 들어서면 아이들이 순간 긴장한다. 하지만 곧 친구 아빠라는 사실을 알고 먼저 인사하는 꼬마들도 있다. 나는 아이들의 이름을 물어보고 이런저런 이야기를 나누며 즐거운 시간을 보낸다. 내가 아이들의 친구들과 놀아 주는 이유는 서로 사이좋게 지내라는 의미에서다.

어느 날 현장에서 온몸이 꽁꽁 언 채 집으로 돌아온 나에게 큰딸 지연이가 마음 따뜻해지는 소리를 건넸다.

"아빠, 내 친구들이 모두 아빠가 좋대요. 나보고 부럽대요."

"친구들이 왜 아빠가 좋다는데?"

"다정하게 안아 주고, 마당에서 텐트 치고 잠도 자고, 자기 아빠랑 뭐든 다르대요. 내 친구 아빠는 피곤하다고 집에 오면 만날 잠만 잔대요."

사실 학교에서 만난 아이들은 나와 지연이, 재형이의 친밀한 애정 표현을 무척이나 부러워했다. 그저 이름을 부드럽게 불러 주고, 친구끼리 싸우지 말고 사이좋게 놀라는 말을 건넸을 뿐인데도 인상이 깊었는지, 길에서 만나면 먼저 달려와 인사하는 아이도 있다.

혹여 가난을 이유로 소외되지 않을까 염려하는 마음 여린 아빠의 애정 표현의 하나로 학교에 찾아가 교장선생님과 담임선생님에게 인사를 한다. 매해 새 학년을 맞아 낯선 환경과 친구를 만나는 아이들을 위해서는 어른들 간의 유대감도 중요하다고 생각하기 때문이다.

학교에 입학한 지연이가 보름 만에 앉았다 일어서기를 50번이나 하고 왔을 때는 정말이지 마음이 아팠다. 학용품에 이름을 써서 붙이지 않았기 때문이라고 했다.

재형이가 음악 수업을 전혀 못 따라간다고 했을 때 나는 담임선생님에게 상의를 드렸다. 사정을 들은 선생님은 아이가 충분히 알아들을 수 있도록 반복해 설명해 주겠다고 했다.

"재형아, 아빠가 선생님께 전화를 드렸더니 다음부터는 음악 이론을 반복해서 설명해 주신대. 너무 감사한 일이다."

자신의 고민을 열심히 귀담아듣고 해결해 주려 애쓰는 어른들의 모습에서 아이들은 마음을 열 수밖에 없다.

재형이의 일기

2008년 2월 4일

만족, 만족, 언제나 변함없는 우리 아빠~!

아이와
대화 나누기

01 학교에서 왕따 당하지 않게 도와주었다

새 학기가 되면 교실에 들어가 아이들과 놀아 주었다. 이름을 묻고, 장난을 치며, 재형이와 친하게 지내라고 당부했다. 효과 백퍼센트였다.

02 아이 말에 즉각 반응했다

아이가 어떤 이야기를 하면 그 즉시 공감한다는 걸 보여 주었다. 아이가 자신의 말에 항상 귀 기울이는 부모에게 신뢰를 보낸다는 걸 알았기 때문이다.

03 함께 산책했다

함께 산책하면서 '재형이가 아빠한테 와 줘서 너무 행복하다.' 하는 식으로 애정을 표현했다. 그리고 부모가 늘 지켜보고 있고, 응원하고 있다는 걸 강조했다.

04 아이 입장에서 생각했다

아이가 백점을 받지 못해도, 대회에서 상을 못 타도 나무라지 않았다. 아예 바라지도 않았다. 대신 다시 도전할 수 있게 용기를 북돋아 주었다.

05 상대의 장점을 적어 보게 했다

아이들이 싸우면 상대의 장점을 스무 개씩 적어 오게 했다. 그렇게 하면 형제의
장점을 파악하고 인정하는 태도를 기를 수 있기 때문이다.

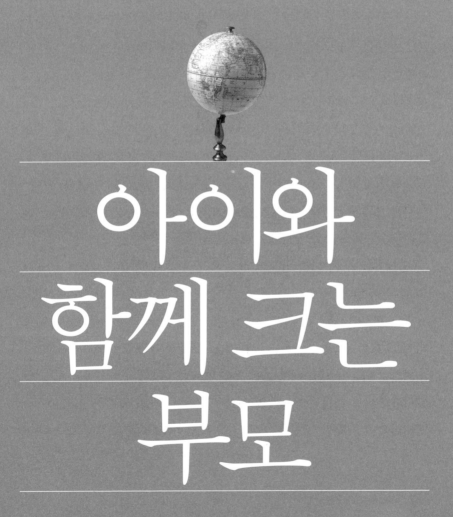

PART4

나는 늘 아이들 마음을 따뜻하게 해 주려고 했다. 너무 일찍부터 단념이나 포기라는 낱말을 알게 된 아이들이었기에 더 많이 사랑하려 애썼다. 배우고 싶어 하는 것, 갖고 싶어 하는 것이 많았지만 원하는 대로 다 들어 줄 수 없었다. 그러다 보니 칭찬하는 게 습관이 되었다. 처음엔 아주 사소한 것부터 시작했다. 작은 일이라도 꿈을 향해 노력하면 과장되게 칭찬하기도 했다. 칭찬은 고래도 춤추게 한다더니 정말 맞는 말 같다.

아이와
함께 크는
부모

미안하다,
얘들아

가끔 재형이는 엉뚱한 행동으로 가족들을 놀래킨다. 하루는 아내에게서 다급한 목소리로 전화가 걸려 왔다. 아이가 차에 부딪혔다고 했다. 아이가 철사를 주우려고 땅만 보고 걷다가 일어난 일이다.

"재형아, 왜 철사를 주우려고 했어?"

"집에 아무도 없는데 열쇠도 없고……. 언젠가 책에서 철사로 문 따는 걸 본 적이 있어서……."

나는 재형이가 크게 다치지 않은 것만 해도 다행이라고 생각하고 더 이상 다그치지 않았다. 이외에도 재형이는 수시로 가족들을 놀라게 한다.

하루는 하늘만 보고 걷다가 집 반대 방향인 배재대 운동장에서 헤매기도 했다. 이 날은 대학생 누나의 도움으로 찾을 수 있었다. 어느 날은 하늘을 올려다보며 '구름과 별을 따라가면 집을 찾을 수 있지 않을까?' 하는 엉뚱한 상상력을 발휘해 길을 잃어버린 적도 있었다. 그때마다 놀라고 속상하지만 아이들의 무한한 상상력을 탓할 수만은 없어 잘 타이르는 것으로 마무리한다.

<u>2 0 0 8 년 5 월 3 일 금요일</u>
제목: 자동차
내가 어제 차에 치었다.
(철사 줍느라 길 헤매다 차에 치임)
너무너무 아팠다. 그래도 괜찮다.

아이들에게는 참 다양한 모습이 있는 것 같다. 말썽꾸러기인 줄만 알았는데 엄마, 아빠를 걱정해 주는 의젓한 모습을 보일 때도 있고 누가 시키지도 않았는데 이웃 어른들에게 다가가 공손하게 인사도 한다. 그렇지만 아무래도 걱정을 시킬 때가 더 많다. 이사를 하고 전학을 한 뒤 새로운 길로 집을 찾겠다고 온 종일 동네를 돌다 파김치가 되어 돌아오기도 하고, 학교가 파한 뒤 한참이 지나도록 오지 않을 때도 많다.

하루는 밤늦도록 오지 않아 이곳저곳 전화를 하며 속을 태웠다. 그날도 재형이는 밤이 아주 늦어서야 집으로 돌아왔다. 나는 하도 화가 나서 손바닥부터 때렸다.

"너, 자꾸 식구들 걱정시킬 거야?"

재형이는 눈물이 그렁그렁해서는 사정을 이야기했다.

"집으로 오고 있는데 같은 반 친구 아버지가……."

재형이는 훌쩍거리면서 손바닥을 호호 불었다.

"친구 아버지가 뭐?"

"무거운 막걸리 상자도 나르시고 뚜껑 따는 일도 하시기에 옆에서 도와 드렸다고요."

나는 그제야 아이 손바닥을 들여다보았다. 여기저기 부르터 있었다. 무턱대고 혼낸 게 미안하기도 하고 친구를 위하는 마음이 예쁘기도 해서 콧등이 시큰거렸다. 아이는 억울한지 닭똥 같은 눈물을 뚝뚝 떨어뜨렸다.

지연이의 상처

어느 날, 큰아이 지연이가 다니는 어린이집에서 전화가 걸려왔다. 긴히 상담할 일이 있으니 나와 달라고 했다.

'무슨 일일까? 전화로 얘기할 수 없을 만큼 중요한 얘기란 게 대체 뭘까?'

전화를 끊고 어린이집으로 달려가는 내내 가슴이 두근거렸다.

거의 모든 관심이 둘째 재형이에게 쏠려 있던 때였다. 하루하루 새로운 고민거리를 안겨 주는 건 늘 재형이 몫이었기 때문에 지연이 일로 상담을 하게 될 줄은 몰랐다.

어린이집에 도착하자 선생님은 그림 한 장을 펼쳐 보였다.

"지연이가 그린 그림이에요."

엄마, 아빠 그리고 동생이 활짝 웃고 있는 가족 그림이었다. 아주 잘 그리지도, 아주 못 그리지도 않은 평범한 그림이었다. 그런데 뭔가 하나가 빠져 있었다. 그림 속에 정작 지연이 본인이 빠져 있었던 것이다.

"자기는 그림에 없어도 된대요. 가족을 너무너무 사랑하지만 그림 속에 못 들어가도 괜찮다는 거예요."

선생님이 말했다.

난 가슴이 덜컥 내려앉았다.

이제 겨우 여섯 살, 그 어린 게 얼마나 가슴이 아팠을까! 아이들을 풍족하게 해 주지는 못할망정 사랑만큼은 그 어떤 부모보다 많이 주자고 다짐했는데, 오히려 이런 아픔을 주다니……

돌이켜보니 지연이는 언제나 뒷전이었다. 먹고 싶은 것도, 갖고 싶은 것도 재형이가 먼저 차지한 뒤에야 슬그머니 손을 내밀곤 했다.

"재형이는 영재니까요……"

그때는 그 말을 귓전으로 흘려들었다.

지연이의 손을 잡고 어린이집을 나오는데 눈물이 쏟아지려고 했다. 집에 도착할 때까지 아이의 손을 놓을 수 없었다.

그 후부터 우리 부부는 지연이에게 더 많은 관심과 애정을 주려고 노력하고 있다. 절대로 재형이와 비교하지 않으려고 말 한마디, 행동 하나에도 신경을 쓴다. 다행히 지연이는 더 이상 자기 자신이 빠진 가족 그림을 그리지 않게 되었다.

어떤 때는 책 한 권을 사기도 힘들지만 가능한 한 공평하게 해 주려고 노력한다. 그래도 지연이는 늘 재형이가 우선이라며 불만스러워한다. 그럴 때면 내 처지가 서글프기만 하다.

재형이 때문에 항상 힘들어했던 지연이지만, 그래도 예전보다는 많이 좋아졌다. 작은 실수로 아이한테 큰 상처를 줄 수 있다는 걸 알게 되었기에 우리는 늘 지연이를 감싸 주고, 대화도 자주 나눈다. 재형이가 잘하는 게 있으면 지연이도 잘하는 게 있다고 말해 준다.

"엄마가 잘하는 게 있으면 아빠도 잘하는 게 있지 않겠니?"

이렇게 이해를 시키고 용기를 주었다. 그렇게 하다 보니 지연이도 조금씩 잃었던 자신감을 되찾아 가고 있다.

지연이와 둘만의 비밀도 만들어 보았다. 아이들은 다른 사람은 모르는 걸 자기만 알고 있으면 특별히 자기를 믿어 주고 알아주는 것이라고 여기기 때문이다. 그래서 우리는 재형이가 모르는 비밀을 늘 만든다. 재형이 모르게 간식을 먹은 거라든지, 재형이 모르게 같이 놀러간 거라든지……

"열심히 해서 공군이 되면 아빠를 비행기에 태워 줄 거예요."

지연이는 꿈이 뭐냐고 물으면 언제나 공군이 되는 거란다. 아빠의 꿈을 이루어 주고 싶은가 보다.

어느 부모나 그렇듯이 우리 부부도 아이를 키우는 동안 수많은 시행착오를 겪으며 자녀 교육서를 보기도 했다. 하지만 책에서 본 방법을 현실에 바로 적용할 수는 없었다.

흔히 배려 깊은 사랑으로 키우라고 하지만, 우리는 그 배려의 한계가 어느 정도까지여야 하는지 갈피를 잡지 못했다. 아이가 거짓말을 한다든지 아니면 잘못된 고집을 부려도 깊은 사랑으로 아이를 용서하고 안아 주기만 해야 하는 것인지 말이다.

아이들은 별것 아닌 문제로 서로 시기하기도 하고 의견이 맞지 않아 으르렁거리기도 했다. 그럴 때마다 우리 부부는 대화로 풀게 하기 위해 많이 노력했다. 하지만 효과는 별로 없었다. 서로의 주장이 너무 강해 이해를 시킨다는 게 불가능했다. 한쪽의 말을 들어 주면 또 다른 한쪽은 서운해 하기 때문이다. 그래서 우리는 고민 끝에 아이들과 대화를 통해 몇 가지 원칙을 정하고 서로의 마음을 조금이나마 알아주기 위한 약속을 하기로 했다.

첫째, 상대방 입장이 되어 보기
둘째, 가족은 같은 편이다
셋째, 아껴 쓰고, 나눠 쓰고, 바꿔 쓰고, 다 같이 쓰기
넷째, 서로 도와주기
다섯째, 약속 지키기

여섯째, 내가 할 일은 내 스스로 하기

일곱째, 거짓말하지 않기

그렇게 단단히 약속을 했다. 그리고 서로 다툼이 있을 때는 대화로 풀고 엄마, 아빠에게 결과를 알려 달라고 했다.

그 후 아이들은 싸우게 된 동기와 해결책을 이야기해 주었다. 서로 미안한 점에 대해서 자세하게 서로에게 말해 주기를 통해 오해를 풀도록 했다. 그리고 아이가 거짓말을 했을 때는 단호하게 벌을 주었다. 이외에도 우리 가족은 몇 가지 원칙을 정해 놓고 반드시 지키도록 하고 있다.

아주 어렸을 적부터 자기 이불은 자기 스스로 개키게 했고 밥을 먹은 뒤엔 항상 자기 그릇은 싱크대로 가져다 놓도록 했으며 항상 상황에 맞는 행동과 말을 하게 했다. 행동이 느린 재형이는 식구 중에서 밥을 제일 늦게 먹는데 제일 늦게 먹은 사람이 뒷정리를 해야 한다는 규칙에 따라 밥상 치우기는 재형이 몫이 되어 버렸다. 음식물 쓰레기도 서로 번갈아 버리고 자기 물건은 스스로 챙기라고 늘 얘기한다. 많이 아는 것도 좋지만 어쨌든 더불어 살아가야 하기 때문이다. 특히 나쁜 거짓말일 경우에는 눈물이 쏙 빠질 만큼 단호하게 벌을 주었다.

우리는 주로 손바닥을 때린다. 몇 대를 맞을 건지는 아이가 잘못했다고 생각하는 만큼 스스로 횟수를 정하게 한다. 아이들이 서로 아껴 주지 않고 자신만 생각 할 때도 단체로 다 같이 손을 들고 벌을 세우거나 손바닥을 때린다. 그런 후 아이들에게 이 세상에서 가족이란 것이 얼마나 소중한지 이야기해 준다. 그러다 보면 아이들은 어느새 눈물을 글썽이며 진심으로 반성한다.

나와 아내의 방법이 꼭 옳은 건 아니지만 사랑의 매는 아이가 세상을 살아가면서 냉정한 현실에 부딪혀도 견디고 헤쳐 나갈 수 있도록 하는 밑거름이 될 거라고 믿는다.

2008년 2월 7일

제목: 누나의 장점 10

1. 나에게 물건을 잘 빌려 준다.

2. 밥을 남기지 않는다.

3. 나하고 잘 놀아 준다.

4. 이불을 다 개켜 준다.

5. 맛있는 게 있으면 나눠 준다.

6. 내가 물건에 관심을 가지면 준다.

7. 부모님께 반말을 안 한다.

8. 방을 깨끗이 정리한다.

9. 화는 오래 내지만 잘 풀린다.

10. 고맙다는 말을 자주 한다.

네 아이를 키우다 보니 형제가 많은 편이 아이들에게 좋다는 생각이 든다. 우선 서로를 거울삼아 좋은 점과 나쁜 점을 판단할 수 있다. 이렇게 하니 좋더라 하고 혼자 깨쳐 가는 것이다.

서로가 서로에게 훌륭한 모델이 될 수 있고, 좋아하는 분야가 다 다른 것도 도움이 된다. 지연이는 재형이에게 수학을 배우고, 재형이는 누나에게 음표, 피아노 치는 법, 원근법을 배운다. 지연이는 악기 연주도 잘하고, 그림도 잘 그린다. 지연이가 일기장을 꾸미는 걸 보고 그대로 따라할 때도 있다. 민주는 애교가 많고 활동적이다. 다른 형제들이 하는 걸 보면서 즐거워하고 곧잘 따라한다. 아이들은 서로 좋은 에너지를 주고받으면서 성장한다. 아이들이 싸우면 서로 칭찬해 주게 한다. 어느 정도 감정을 다스리고 나면 열 가지 이상 서로의 장점을 적게 하는 것이다.

너희는 아름답게 '다르다'

큰아이 지연이는 재형이와 좀 달라서 그다지 책을 좋아하지 않았다. 그런데 알고 보니 이유가 있었다. 재형이는 어려서부터 한글을 일찍 깨치고 하나를 알면 자연히 열을 알지만 지연이는 그렇지 않았다. 그러다 보니 알게 모르게 둘은 항상 비교가 되었다. 이 때문에 지연이는 언제나 기가 죽어 있었다. 나와 아내는 처음엔 이 사실을 몰랐기 때문에 재형이에게만 신경을 썼다.

재형이가 지연이보다 지적으로 앞서 나가게 되면서 지연이는 자신감을 많이 잃어 어떤 일이든 미리 겁을 먹고 도전하는 걸 어려워했다. 우리 부부가 아무리 평등하게 대해도 옆에서 동생이 하는 걸 보면서 열등감을 갖게되니 아무리 격려해도 마음에 와 닿지 않았던 것이다.

지연이는 갈수록 시기와 질투가 많아져 재형이가 하는 모든 행동과 말에 시비를 걸고 꼬투리를 잡았다. 재형이는 어떤 사실을 알아내면 주위 사람에게 설명해 주기를 좋아해 신이 나서 알려 주는데, 지연이는 그때마다 '그래서? 어쩌라고?' 하는 식으로 공격적으로 반응했다. 총알처럼 퍼붓는 누나 때문에 재형이는 결국 울먹이기 일쑤였다.

보다 못 한 나는 어느 날 아이들을 불러다 앉혔다.

"지연아, 재형아, 이 세상에 생김새가 똑같은 사람이 있니? 사람마다 생각도 다르고 잘하는 것도 다 달라. 그렇기 때문에 너희도 같을 수는 없어. 모든 사람이 모든 걸 똑같이 잘하면 세상이 얼마나 재미가 없겠니? 그렇기 때문에 너희들도 다른 거야. 재형이가 잘하는 것이 있고, 지연이가 재형이보다 훨씬 잘하는 것도 있잖아. 그러니까 이제 서로 도와주자. 재형이가 아는 건 누나에게 가르쳐 주고 지연이가 아는 건 재형이에게 가르쳐 주기로 하는 거야. 내가 알고 있는 걸 다른 사람에게 알려 주는 건 정말 멋지고 자랑스러운 일이야. 선생님들도 자기가 알고 있는 모든 지식을 학생들에게 다 알려 주려고 하잖아. 그리고 모르는 것에 대해 부끄러워하지 마. 엄마, 아빠도 모르면 모른다고 너희들한테 얘기해 달라고 말하잖니. 그건 절대 부끄러운 게 아니야."

그랬더니 정말 효과가 있었다. 바로 다음날부터 지연이는 재형이의 이야기를 들어주려고 애썼고, 재형이도 누나가 자신 있어 하는 부분을 배우고 따라하려고 했다. 그러자 지연이도 조금씩 신이 나서 마치 선생님처럼 동생을 자상하게 대했다.

지연이는 재형이보다 훨씬 빠르고 민첩하다. 예를 들어 종이접기나 책 읽어 줄 때의 감정 표현이 그렇다. 그리고 수영을 같이 시작했지만 지연이가 재형이보다 두 단계나 더 빨리 앞서서 배우고 있는 중이다. 영어 같은 경우는 초등학교 4학년 들어 처음으로 영어를 접한 지연이가 2주 만에 파닉스를 다 뗐으니 유아 때부터 꾸준히 스스로 관심을 가지고 한 재형이보다 훨씬 더 빨리 기초를 터득한 셈이다.

모든 아이들마다 잘하는 게 다르므로 자신 있게 할 수 있는 부분에 대해 다독여 주고, 아낌없이 칭찬해 준다면 어떤 분야에서건 멋지고 신나는 삶을 살 수 있지 않을까 싶다.

오늘은 누나랑 나랑 무대에 나가서 춤을 췄다.

부끄럽지 않았다.

누나랑 같이 갔으니까 말이다.

그리고 대훈서적에도 갔다. 그런데 입구에서 외국 사람하고 대화를 했다.

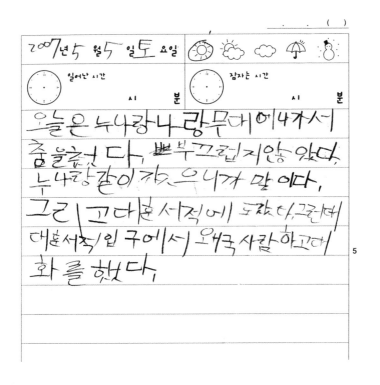

가족 마라톤

얼마 전 우리 가족은 진주 마라톤 대회에 참여했다. 가족 마라톤 코스로 5킬로미터를 완주하는 대회였다. 완주 시간은 한 시간 이내. 처음 이 대회에 참가한다고 했을 때 아내는 뜨악한 표정을 지었다.

"여보, 운동을 잘하는 편이 아니잖아요. 어떻게 나가려고 그래요? 체육 대회 때나 하던 거잖아요."

"재형이가 아빠하고 마라톤을 해 보고 싶대. 이번 기회를 통해 아이에게 끈기를 가르쳐 주고 싶어."

그러자 아내는 더 이상 토를 달지 않았다.

마라톤 대회가 있던 날 아내는 새벽부터 일어나 유부초밥을 만들고, 김치볶음밥으로 주먹밥을 만들었다. 대전에서 진주까지 두 시간을 차로 이동하며 우리는 간단하게 아침 식사를 했다. 아이들은 마냥 신이 나는지 참새처럼 재잘댔다.

"아빠, 너무 신나요. 전 정말 잘할 수 있을 것 같아요."

재형이는 기분이 좋은지 연신 콧노래까지 흥얼거렸다.

마라톤은 자신과의 싸움이기 때문에 처음부터 전력 질주를 해서는 안 된다. 특히 구간별로 전략을 세워 호흡과 속도를 조절해 나가야 한다. 그런 의미에서 공부와도 비슷하다. 공부는 평생 하는 것이기 때문에 지구력과 끈기가 필요하니까. 공부를 하고 싶어도 가정 형편 때문에 학교를 나와야 했던 지난날을 떠올리면 아이들만은 끝까지 공부에 매진해 주길 바란다.

"지연이나 재형이 너희 둘 중 아빠 보다 먼저 결승에 들어오면 지금부터 담배를 끊겠다!"

"와, 정말이요?"

내가 큰소리를 치자 지연이가 토끼눈을 하고 물었다.

"자, 약속."

"와, 엄마! 아빠가 담배 끊는대요."

참가자들이 내뿜는 열기로 주변이 후끈거렸다.

"아빠는 너희 안 기다릴 거야."

출발하기에 앞서 아이들 앞에서 호언장담을 했다.

드디어 출발을 알리는 징소리가 울려 퍼졌다. 학교 다닐 때 말고는 뛰어 본 적이 없었기 때문에 나는 빠른 속도로 지쳐 갔다. 하지만 아이들은 끄떡도 없었다. 얼마 못 가 하늘이 빙글빙글 돌았다. 하지만 포기할 수가 없었다.

곧 내가 가장 뒤로 처졌다. 재형이는 초반부터 전력 질주를 하고 있었다. 재형이가 선두, 그 뒤를 지연이가 달리고 있었다.

"와, 재형이가 1등이다!"

초등학생 중에 재형이가 제일 먼저 결승점을 통과했다. 재형이는 5킬로미터를 28분 만에 완주했다. 지연이는 34분, 나는 43분.

그날 이후 나는 아이들 몰래 담배를 피우다가 걸려 여러 번 혼이 났다.

아빠, 텔레비전은 바보상자예요

나는 비록 자녀 교육에 대해 잘 모르지만 최선을 다해 아이를 키워야 한다는 다짐은 늘 한다. 아이를 잘 키우려면 부모의 욕심이나 고정 관념, 무엇보다 나쁜 습관을 버려야 한다는 생각도 든다.

전에는 집에서 텔레비전 보는 일이 유일한 휴식이었다. 드라마 광이라 해도 과언이 아닐 만큼 언제나 텔레비전을 보았다. 그러던 어느 날 아이가 말했다.

"아빠, 텔레비전을 많이 보면 생각 주머니가 없어진대요. 그러니까 너무 많이 보지 마세요."

아이의 말에 습관을 고쳐야겠다는 생각이 들었다. 당장 유선부터 끊었다. 나도 모르게 텔레비전을 볼 것만 같았기 때문이다.

처음에는 정말이지 힘들었다. 늘 보던 텔레비전을 못 보니 몸이 근질근

질했다. 하지만 가족과 함께 많은 시간을 보내게 되면서 아이들 마음을 조금씩 알게 되었다.

우리는 노래한다

아이의 호기심과 소원을 일일이 들어준다는 것은 정말 어려운 일이다. 재형이는 어려서부터 많은 것을 하고 싶어 하는데, 다 들어줄 수가 없다. 그럴 때면 재형이는 조용히 방으로 들어가 이불 속에서 조용히 흐느낀다. 그런 날은 내가 아이들한테 너무 상처를 많이 주는 것 같아 잠을 이루기가 어렵다. 아이들과 대화를 많이 하고 용기를 주려 하지만 생활이 곤궁해지면 그조차 되지 않기 때문이다.

"아빠, 비행기를 타면 어떤 기분이에요?"

어느 날 재형이가 물었다. 무척 궁금하다는 표정이었다.

"……몰라."

난 얼버무리고 말았다.

비행기에 대한 재형이의 호기심은 날이 갈수록 더해만 갔다. 책도 비행기에 관한 책만 읽고, 그림도 비행기 그림만 그리고, 일기도 온통 비행기에 대해서만 썼다.

나는 아이의 호기심을 풀어 주기로 마음먹고 비상금을 탈탈 털었다. 며칠 뒤 우리는 김해공항으로 가서 처음으로 비행기를 탔다.

녀석은 마냥 신기한 듯 창밖만 내다보았다. 아무리 불러도 안 들리는 모양이었다. 나는 녀석의 어깨를 툭툭 쳤다.

"기분이 어때?"

재형이는 환하게 웃으며 대답했다.

"너무 신기해요!"

김포공항에 도착한 후 우리는 서울 구경도 하고 어마어마하게 큰 서점에도 갔다. 그리고 밤 기차를 타고 집으로 돌아왔다.

축난 생활비를 메우려고 죽어라 일했지만 마음만은 정말이지 가벼웠다.

몇 해 전 어린이날 있었던 일이다. 아이들을 데리고 어린이날 행사를 하는 곳으로 갔다. 마침 부모와 아이들이 함께하는 코너가 진행되고 있었다. 나는 노래를 불러야겠다고 생각했다. 사람들 앞에서 노래를 부르다니! 평소 같으면 엄두도 못 낼 일이었지만, 어린이날인 만큼 아이들에게 멋진 모습을 보여 주고 싶었다. 아이들은 내가 사람들 앞에서 노래를 못 부를 거라고 여기는 눈치였다.

나는 아이들에게 아빠도 할 수 있다는 걸 보여 주려고 덜덜 떨리는 가슴을 진정시키며 무대 위로 올라갔다. 그리고 노래를 불렀다. 노래를 부르는 내내 아이들을 바라보았다. 녀석들은 환하게 웃으며 나를 지켜보고 있었다. 나는 목청껏 소리를 높였다. 머릿속엔 오직 아이들뿐이었다.

"아빠, 정말 멋져요!"

노래를 다 부르고 내려오니 식구들이 달려왔다.

"지연아, 재형아, 아빠 많이 떨리고 겁도 났어. 하지만 무엇이든 할 수 있다는 자신감이 있다면 이렇게 할 수 있는 거야. 우리 지연이, 재형이도 할 수 있겠지?"

"네!"

어느 해 명절날은 내 고향 거제에서 마을 노래자랑이 열렸다. 아이들은 나더러 또 도전해 보라고 재촉했다.

"그럼 아빠가 노래를 부를 때 아빠 곁에 서 있어 줄래?"

그러자 아이들이 머뭇거렸다.

"지연아, 재형아! 무엇이든 처음이 힘든 거야. 그걸 이겨 내면 무엇이든 할 수 있는 용기가 생겨."

"네, 아빠 옆에 있을게요!"

이번엔 아이들이 용기를 내었다.

우리 셋은 노래를 끝까지 다 불렀다.

재형이의 일기

2008년 1월 12일

아빠가 못 오신다고 했는데 오셔서 기분이 좋다. 그리고 책도 많이 가져오셔서 좋다. 엄청 많다. 보고 싶어 하던 훈민정음도 있다. 책을 열심히 볼 것이다.

썰렁 개그,
웃어 주세요

우리 아이들은 떼를 잘 안 쓰는 편인데 다섯 살이 된 민주는 예외다. 자주 칭얼댈 때가 있는데 그럴 때면 단호하게 이야기하는 편이다.

뭐가 좋은지, 뭐가 나쁜지 하는 판단은 아이들도 한다. 옳지 않은 행동을 했을 때 '안 돼. 하지 마.' 하고 짧게 이야기하면 어느 정도 알아듣는다.

어른도 마음이 해이해질 때가 있는 것처럼 아이들도 곧잘 그런다. 그래서 나는 아이들에게 매일 묻는다.

"오늘 얼마만큼 재미있었어? 좋은 시간 보냈어?"

"네, 오늘은 수영을 잘했어요."

나는 아이들에게 매순간을 즐기라고 말한다. 어쩔 수 없이 해야 한다면 싫어하지 말고 즐기라고 말해 준다.

재형이는 물을 무서워했다. 수영을 배우고 싶어 하면서 물을 무서워하니 몹시 애를 먹었다. 처음 수영장에 들어갔을 때는 비명을 질렀다. 하지만 막상 해 보니 그렇게 무섭지도 않고, 점점 자신감이 생기는 모양이었다. 수영을 시작한 지 1년 반이 된 지금은 실력도 제법 늘었고, 수영장 가는 것도 즐거워한다.

독서 골든 벨

하루는 재형이가 잔뜩 흥분한 얼굴로 집으로 돌아와 자랑을 했다.

"아빠, 나 이번에 독서 골든 벨 나가요."

"골든 벨?"

"네. 68개 학교 대표가 참가하는 거래요. 우리 학교 강당에서 한다고 했어요."

그러나 막상 권장 도서를 한 권도 안 읽었다는 걸 깨닫고는 초조해 했다. 골든 벨이 열리는 당일에는 그만두면 안 되겠느냐며 한숨을 푹푹 쉬었다.

"재형아, 넌 할 수 있어. 최고가 되는 게 중요한 게 아니야. 상 받는 게 중요한 것도 아니고. 지금 이 상황을 즐기면서 최선을 다하는 게 가장 중요한 거야. 아빠가 옆에서 열심히 응원할게."

나는 몇 번이나 재형이 어깨를 두드려 주었다. 재형이는 힘을 얻었는지 씩 웃으며 강당으로 걸어 나갔다.

문제가 시작되자 재형이는 척척 답을 적기 시작했다. 작은 보드 판에 답을 쓰고 맞히면 보드 판을 흔들었다. 재형이의 보드 판이 자주 흔들렸다.

어느덧 68명의 학생 중 여덟 명이 남았다. 그리고 얼마 안 있어 마지막을 알리는 벨이 울렸다. 재형이는 마지막 문제를 풀고 보트 판을 흔들었다. 금상을 받게 된 것이다.

"축하한다, 재형아!"

내가 팔을 벌리며 축하를 해 주자 재형이가 달려와 안겼다.

"아빠, 생각보다 어렵지 않았어요. 그냥 알겠더라고요. 왠지 정답일거라는 자신감 같은 게 있었어요."

"거 봐. 두려워하지 않고 그 상황을 즐기면 되는 거야. 아빠는 네가 상을 받는 것도 기쁘지만 이렇게 색다른 경험을 한다는 게 더 기뻐."

아이를 교육할 때 가장 중요한 점은 믿음을 심어 주는 일 같다. 꼭 잘해야 한다가 아니라 잘 못할 수도 있지만 그래도 최선을 다해야 한다는 것 말이다.

나는 아이들의 꿈에 날개를 달아 주는 부모가 되고 싶다. 비록 현실은 초라하지만 아이들이 주눅 들지 않고 더 멀리, 더 높이 비상할 수 있도록 뜨겁게 응원하고 싶다. 언젠가 너희의 아름다운 꿈이 이루어질 거라고!

칭찬에 춤추는 아이

아이들이 어떤 새로운 정보나 현상에 대해 우리 부부에게 알려 주면 우리는 전혀 몰랐다는 듯이 과장되게 놀라면서 호응해 준다. 또 대단하다는 듯 추켜세우고 칭찬해 준다. 그러면 아이들은 자기가 알아낸 것이 대단한 것인 양 으쓱거리며 우쭐거린다. 그러면서 새로운 것에 대해 더 많이 알고 싶어 하고, 그것을 자기 것으로 만들고 싶어 한다.

2009년 5월 8일 금요일
Theme : England 말 and America 말
영국 영어와 미국 영어는 다르다.
미국어로 비행기는 airplane인데 영국어로는 aeroplane이다.
난 영국 영어, 미국 영어 다 할 수 있으면 좋겠다.

"와, 재형아! 영국 영어하고 미국 영어가 똑같지 않구나. 정말 몰랐어. 이걸 어떻게 알아냈니? 정말 대단하다. 재형이 때문에 아빠도 점점 유식해지는 것 같아."

내가 이런 반응을 보일 때마다 재형이는 신이 나서 자기가 아는 이야기를 마구마구 들려준다.

아이들이 어렸을 적에는 정말 별것 아닌 것에도 놀라는 척했지만, 점점 자라면서 이제는 연기가 아니라 진짜 놀라는 일이 많아졌다. 무엇이든 잘하는 걸 보면 아낌없이 칭찬한다.

그럴 때면 아이들 얼굴이 달덩이처럼 환해진다.

칭찬은 고래도 춤추게 한다는 말, 정말 맞는 말이다.

가난해서 더 아름다운 희망

2 0 0 9 년 8 월 2 5 일

제목: 외톨이- 아웃사이더

상처를 치료해 줄 사람 어디 없나
가만히 놔두다간 끊임없이 덧나
사랑도 사람도 너무나도 겁나
혼자인 게 무서워 나 잊혀질까 두려워

언제나 외톨이, 맘에 문을 닫고
슬픔을 등에 지고 살아가는 바보
두 눈을 감고 두 귀를 막고
캄캄한 어둠 속에 내 자신을 가두고

365일 1년 내내
방황하는 내 영혼을 쫓아 키를 잡은 Jack Sparrow
몰아치는 Hurricane

졸라매는 허리끈에
방향감을 상실하고 길을 잃은 소리꾼

내 안에 숨 막히는 또 다른 나와 싸워
그녀가 떠나갈 때 내게 말했었지

너는 곁에 있어도 있는 게 아닌 거 같다고

…… 나 어떡하라고? 나 끄떡없다고 ……

매일 매일 널 기다려 왔어

Mayday 날 좀 구조해 줘

요걸 부르고 싶다면 연습! 대신 빨리 (아~주 빨리) 해야 한다.

그렇다고 발음을 엉망으로 하면 안 됨! 발음을 정확히! (난 할 수 있지롱 ~)

'왜 하고 많은 노래들 중에서 꼭 그 노래를 배우고 싶어 할까? 혹시 스스로를 외톨이, 아웃사이더라고 생각하는 건 아닐까?'

아이의 일기장을 보고 나서 한동안 마음이 무거웠다. 그냥 유행가 가사를 적어 놓은 것뿐이지만 내용이 자꾸만 마음에 걸렸다.

재형이를 어떻게 키워야 하는지, 정말 어떻게 해 줘야 하는지 나는 지금도 해답을 찾지 못하고 있다. 무수한 시행착오를 겪으면서 넘어지고 부딪쳐 가며 지금껏 살아오고 있을 뿐이다.

어느 날, 서점에서 책을 보던 재형이가 내게 다가왔다.

"아빠, 이 책 좀 보세요."

《가난하다고 꿈조차 가난할 수는 없다》라는 책이었다.

"지은 사람이 김현근이라는 형인데요, 가난하지만 꿈을 포기하지 않고 노력해서 프린스턴대학까지 간 사람이에요."

재형이는 자기가 감명 받은 부분을 열심히 들려주었다. 그러면서 자기

생활과 현근이 형의 어렸을 적 일들을 비교하면서 현근이 형처럼 되고 싶다고 했다. 집안 형편에 대해 한마디도 한 적이 없지만 내심 걱정이 많았나 보았다. 사실 나와 아내도 그 책을 통해 많은 감동과 희망을 발견했다.

그러던 어느 날 난 갑자기 전국적으로 유명한 영재들은 지금까지 어떻게 교육을 받아 왔는지 궁금해졌다. 그래서 실례를 무릅쓰고 영재 부모님들을 찾아가고 귀동냥을 하면서 정보를 수집했다. 우선 김현근의 어머니를 찾아 갔다.

어머니의 말에 따르면 김현근은 한국과학영재학교를 최우수로 졸업하고 프린스턴대학에서 생명공학을 전공하고 있지만, 본인이 피나는 노력과 철저한 자기 관리를 통해 꿈을 이루어 나가는 경우이지 재형이처럼 타고난 영재는 아니라고 했다. 그러면서 박영수의 이야기를 참고하라고 했다.

영국 BBC방송에서 아시아의 영재로 소개되기도 했던 박영수는 부모가 모두 교수이고, 공교육을 통해 체계적으로 잘 키워진 영재였다. 초등학교는 여느 아이들처럼 6년을 마치고 중학교 1학년 재학 중에 물리학에 두각을 나타내 한국과학영재학교에 합격했다. 영재 학교를 조기졸업하고 MIT에 입학해 탁월한 성적과 연구 성과로 교수들을 놀라게 했고, 교수진의 적극적인 추천으로 우주물리학 분야에서 세계 최고인 시카고대학 대학원에서 석·박사 과정을 동시에 수료하며 학부 학생들에게 강의도 하고 있었다. 현재 나이 만 열아홉 살. 한국과학영재학교부터 MIT를 거쳐 시카고대학 대학원까지 모두 전액 장학금을 받으며 공부하고 있었다.

우리에겐 너무 솔깃한 이야기였다.

이렇듯 아이가 하고자 하는 상황에서 누군가가 확실하게 뒷받침을 해 준다면 아이의 꿈에 한 발짝 더 다가서는 셈이다.

하지만 재형이의 상황은 그렇지 못하다. 어린 시절부터 일찌감치 '포기'라는 걸 먼저 알게 된 재형이다. 아빠로서 곁에 있다는 것 외에는 아무런 힘이 되어 주지 못하는 것 같아 늘 마음 한 곳이 아리다. 이 세상 모든 부모가 그렇겠지만 나도 내 아이가 자기 꿈을 향해 마음껏 성장할 수 있도록 응원하고 지원해 주고 싶다. 현실에서는 가난한 아빠지만 그 누구보다 재형이의 꿈을 믿고 지지해 준다는 걸 아이는 알까? 마음만은 그 누구보다 부자 아빠라는 걸.

2008년 3월 28일

시 제목: 12시 우리 집 풍경

12시에 달이 뜨면

내 마음은 달빛처럼 텅 빈다.

텅 빈 내 마음.

내 착한 마음씨는 어디 간 것일까?

저기 멀리 날아갔겠지.

지금 내가 할 수 있는 일은 아이에게 아무리 어렵고 힘든 고난이 닥쳐도 이겨 낼 수 있도록 앞에서 북돋아 주고, 성원해 주고, 늘 같은 편에 서서 힘이 되어 주는 것뿐이다. 손을 내밀어 일으켜 줄 수 있고, 힘들 땐 언제든 기대어 쉴 수 있는 나무 그늘 역할이다.

앞으로 남은 내 인생 또한 지금처럼 험난한 여정이 될지라도 아이들을 위해 희망을 잃지 않고 앞만 보며 달려갈 것이다. 아빠가 원하는 삶이 아닌 아이가 원하고 즐기고 행복해 하는 삶을 살 수 있기를 바라면서.

함께 공부하는 아빠

나는 어릴 때 내 마음속 말을 엄마에게 깊이 전달할 수 없었다. 어머니가 언어장애 1급이었기 때문에 대화를 주고받는 일이 사실 불가능했다. 사랑하는 가족이지만 수화조차 없이 바디랭귀지로 1차원적인 의사만 주고받을 수 있었다. 그래서 지금껏 가족 누구도 어머니의 속엣말을 알지 못한다. 다만 짐작만 할 뿐이다. 나는 성장하는 내내 어머니의 따뜻한 사랑과 손길을 말로 충분히 표현하고 느끼고 싶은 갈증이 있었다. 그래서인지 늦은 밤 품을 팔고 힘든 걸음으로 집에 들어서는 어머니가 내 손을 한참 맞잡아 준 따스한 기억이 오래오래 남아 있다.

이런 경험 때문인지 내 아이들과는 마음껏 교감을 나누고 충분히 애정 표현을 해 주어야겠다고 결심한다.

"얘들아, 슬플 때는 화내지 말고 즐겨라. 슬픔도 기쁨처럼 좋은 감정이 될 수 있단다."

나는 아이가 한 가지 정답만 가지고 세상을 바라보지 않고 좀 더 풍부한 시선으로 삶을 바라볼 수 있도록 옆에서 도와주려고 한다.

아이에게 한글 교육을 시킬 때도 무조건 외우라는 말을 하지 않았다. 대체로 많은 엄마들의 한글 교육법을 보면 어른인 내가 볼 때도 좀 무서운 감이 있다.

어느 성격 급한 엄마들은 공책에 ㄱ, ㄴ, ㄷ, ㄹ, ㅁ을 몇 번 소리 내어 써주고, '이게 뭐라고 했지? 엄마가 '기역'이라고 했잖아.'라고 말하는데 이러면 아이는 본능적으로 자신을 불편하게 하는 한글 익히기를 회피하게 되는 듯 하다. 아이가 'ㄱ'과 친해질수 있도록 기다려 주어야 한다. 우리 주변에 너무 많은 'ㄱ'이 있다는 걸 스스로 깨치고 알아 갈 수 있도록 아이에게 시간을 주는 '느림의 교육'이 필요한 건 아닐까?

매스컴을 타면서 방송국에 내 연락처를 알아보고 전화를 하는 분들이 있다. 어떤 어머니는 아이가 공부를 건성으로 한다고 걱정이 이만저만이 아니었다. 하지만 그건 어디까지나 '엄마'의 생각이지 '아이'의 입장은 아닌 듯 싶었다.

"왜 아이가 공부를 건성으로 한다고 보세요?"

"성적이 자꾸 떨어지니까요."

"아마 지금 제일 속상한 건 아이일 겁니다. 도대체 어떻게 공부를 하기에 성적이 이렇게 나오느냐고 다그치지만 마시고 입장을 한번 바꿔서 생각해 보시는 건 어떨까요?"

아이는 나름 열심히 공부한다. 안 하는 것이 아니다. 그런 아이에게 성적이 안 오른다고 독촉하면 스트레스만 받는다. 아이에게 공부의 방법을 제시해야지, 따지기만 해서는 안 된다. 돈 주고 학원만 보낸다고 다 해 준 건 아닐 것이다.

아이의 성향을 먼저 파악하고 공부에 접근하는 방법을 찾고 하나를 해도 제대로 하게끔 도와주어야 한다. 아이는 몸집이 작을 뿐 어른들과 똑같다. 방법은 제시하지 않으면서 몰아세우면 공부를 하고 싶다가도 마음이 돌아선다. 공부에 성취감과 희열을 느낄 수 있도록 함께 고민하고 격려해 주면서 가능성을 열어 주어야 한다. 그러려면 무엇보다 부모가 먼저 참고 인내할 줄 알아야 하는 것 같다.

어느 날 지연이가 수학 시험에서 60점을 받고 시무룩해 있었다.

"시험은 앞으로도 얼마든지 있어. 그래서 아빠는 네가 빵점을 맞아도 상관없어. 단지 네가 노력하고 원하는 만큼 성과가 오면 좋겠지만 노력에 비해 성과가 작아도 실망하지 마. 항상 대범하게 생각하자."

아이가 안도하게, 용기를 얻을 수 있도록 머리를 맞대고 비밀스러운 이야기를 나누듯이 소곤거린다.

"오늘 너무 공부를 열심히 해서 쌍코피 나는 거 아냐? 일찍 자자."

시험공부를 하는 아이에게 격려 아닌 격려를 해 주기도 한다. 또 때로는 부모도 공부를 하고 있다는 걸 보여줄 필요가 있다.

"아빠가 어떤 책을 읽었는데 너무 훌륭한데 설명을 못 하겠어. 다음 기회에 네가 대신 읽고 이야기를 해 주면 좋겠는데."

하고 아이에게 도움을 청하기도 한다.

어릴 때부터 아이와 많은 대화를 주고받으며 가족이 함께 공부하고 책 읽는 분위기를 유도했던 것. 나는 이런 생활 태도가 고액 과외보다 아이 교육에 더 효과적이었다고 믿는다.

재형이의
일기

2009년 5월 17일

제목: math 시험

math 시험을 봤다. 그런데 내가 최하위 반에도 못 들어갔다. 6개를 틀렸다. ㅠㅠ

하지만 나는 오늘 쓴 독서록에서 수학을 열심히 하겠다고 다짐했다.

좌충우돌
월반 준비

가끔 매체를 통해 재형이 기사를 읽었다는 분들에게 전화가 온다. 하루는 어떤 아버님이 전화를 했다.

"제 아이도 성적이 우수하니 재형이와 친구가 되었으면 좋겠습니다."

우선 매우 고마웠지만 나는 그 분에게 솔직한 심정을 말했다.

"제 아이는 그렇게 똑똑하지 않습니다. 단지 자기가 좋아하는 일을 즐기고 웃으며 달려가는 정도입니다. 요즘 아이들 정말 똑똑하지요. 주변에 좋은 친구들이 많을 겁니다."

나는 내 아이가 영재 판정을 받았다는 이유로 친구들 사이에서 어떤 특권 의식을 갖는 것을 원하지 않는다. 친구 사이는 이해관계가 아니고 공부를 잘하는 친구에게 배울 점이 있다면 공부를 못하는 친구에게도 배울 점이 있다. 학업 성적이 안 좋은 대신 노래를 잘할 수도 있고 운동을 잘할 수도 있는데 이 모든 게 넓게 보면 다 공부라 여겨진다.

간혹 재형이를 통해 자극을 받고 싶다며 아이를 데리고 찾아오는 분들도 있다. 하지만 재형이는 책 보느라 바빠 새 친구와 친해질 틈이 없다. 재형이는 책에 한번 집중하면 다른 곳에 신경을 쓰지 못한다.

내 경험상 가장 좋은 교육은 어릴 때 아이가 책을 많이 읽도록 유도하는 환경을 만들어 주는 것이다. 책을 읽은 후에는 감상을 적거나 함께 이야기를 나누는 것도 좋다.

월반의 기회를 얻다

"아빠, 나 월반하고 싶어요."

"월반?"

"네. 친구들하고 노는 건 즐겁지만 학과 수업은 즐겁지 않아요. 이미 아는 거 말고 색다른 걸 배우고 싶어요. 정말, 정말 모르는 게 많잖아요. 모르는 걸 더 많이 알고 싶어요."

재형이가 2학년이 되었을 때 책에서 읽었는지 '월반'을 하게 해 달라고 했다.

월반에 관해 아는 것이 없는 데다 카이스트 수업만 받겠다고 하던 터라 담임선생님, 학교교무주임 그리고 교장선생님에게 면담을 요청했다. 선생님들은 행정 절차 등을 교육청에 문의해 보아야 안다고 대답했다. 속이 타서 장학사를 찾아 교육청으로 갔다. 그 분 역시 전혀 사례가 없기 때문에 알아보겠노라고 했다. 나는 서부교육청, 대전시교육청을 드나들며 방법을 찾기 위해 동분서주했다.

가장 괴로운 건 재형이에게 정확하게 대답해 줄 수 없다는 점이었다. 그렇게 하루하루 애를 태우고 있는데 학교에서 전화가 왔고, 얼마 후 재형이의 성향과 잠재력 등을 가늠하는 검사가 이루어졌다. 그 뒤 교육청과 연계해 두 번 회의를 한 끝에 월반을 해도 된다는 결정이 났다.

하지만 조기 이수 대상자는 매해 4월 말 이전에 선정하게 되어 있었고, 그러려면 학년 말에 서류를 접수해야만 했다. 한마디로 시기를 놓친 것이다. 결국 우리는 한 해를 더 기다려 재형이가 3학년을 마친 후에야 5학년으로 월반할 기회를 얻었다.

한국과학영재학교를 목표로

재형이는 한동안 부산에 있는 한국과학영재학교에 들어가는 것을 목표로 삼았다.

"아빠, 그 학교는 어떤 곳일까요? 내가 들어갈 수 있을까요?"

한번 궁금증이 일면 못 참는 재형이는 하루라도 빨리 그곳에 가고 싶은 모양이었다.

"재형아, 그 학교가 그렇게 가고 싶니?"

"네. 거기 가면 수학을 맘껏 배울 수 있잖아요. 너무 기대돼요."

"재형아, 네가 그토록 원한다면 학교에 한번 가 볼까?"

"와, 정말이요?"

그토록 소망하는 곳이라니, 그곳에 진학하려면 어떻게 해야 하는지, 어떤 절차가 필요한지, 재형이에게도 기회가 열릴 수 있는지 직접 알아보기로 했다. 재형이 손을 잡고 학교를 방문하기로 한 것이다.

그날 밤 재형이는 깡충깡충 뛰며 무척 좋아했다. 사실 재형이는 여섯 살 때 방송 출연을 계기로 아주 잠깐 한국과학영재학교를 방문한 적이 있었다. 아이는 그 학교 학생과 중국어로 대화를 나누었던 기억을 오래도록 잊지 못하고 있었다.

2007년 7월 12일

한국과학영재학교에 다녀왔다. 교실에 들어갔을 때 여학생과 남학생들이 나를 보고 뭐라고, 뭐라고 말을 해 부끄러워 엄마 뒤에 숨었다. 나중에 여학생과 중국어로 잠깐 대화를 할 때는 가슴이 뛰었다.

한 선생님이 재형이에게 물었다.

"왜 우리 학교에 오고 싶어 하니?"

"저는 수학자가 되고 싶고, 수학의 노벨상인 필드 상을 받는 게 꿈이에요. 영재학교에서 체계적으로 수학하고 과학을 배우고 싶어요."

재형이는 꿈에 대해 막힘없이 이야기했다.

면담이 끝나고 나서 우리는 선생님의 도움으로 학교 도서관을 견학했다.

"와아! 아빠, 이 책들 좀 보세요!"

형들은 무슨 책들을 볼까 궁금했던 재형이 입에서 감탄사가 절로 쏟아졌다.

"서점에서 어떤 책을 선택해야 하는지 이제 알 것 같아요."

재형이는 상기된 표정으로 도서관 곳곳을 둘러보며 너무 행복한 표정을 지었다.

"아빠, 이제 어떤 책을 읽어야 할지 감이 온다니까요."

"그렇게 좋니?"

"네, 정말, 정말 좋아요. 새로운 걸 알 수 있잖아요!"

"재형아, 하늘은 스스로 돕는 자를 돕는다는 말이 있어. 네가 하려고 하는 목표가 뚜렷하니 잘될 거야. 열심히 해서 이 학교에 들어오자. 그리고 네 말대로 수학 노벨상도 도전해 보고 말이야."

"네, 아빠!"

재형이는 너무도 우렁차게 대답했다.

학교에 다녀온 이후 재형이는 조금씩 달라졌다. 생활 습관을 바꾸겠다면서 나름대로 계획표도 짜고 하루에 한 시간씩 꾸준히 영어, 수학, 과학 공부를 했다. 학교에 입학하면 나이 차이가 나는 형들과 지내야 하기 때문에 공부를 해 두어야 한다고 생각한 모양이었다. 게다가 느릿느릿한 행동도 고치고, 씻기 싫어하던 행동도 고치고, 밥을 지나치게 천천히 먹던 습관도 고치려고 노력했다.

어쨌든 재형이가 원하는 학교에 들어가 공부를 하려면 그 비용이 만만치 않을 터, 우리 가족은 곧장 긴축 재정에 들어가야 했다.

그런데 너무도 실망스러운 일이 일어났다. 바로 자격 조건이었다. 그 사이 자격 조건이 초등학교 3학년 이상에서 초등 5, 6학년, 중학생 이상으로 바뀐 것이다.

'얼마 안 있으면, 새 학기가 되면, 겨울방학만 마치면, 5학년으로 월반을 하는데!'

나는 선생님들이 충분히 끌어 주면 입학할 수 있을 거라고 생각하고 시험을 볼 수 있게 하기 위해 여기저기 뛰어다녔다.

다행히 카이스트에서 재형이의 원서를 받겠다고 통보해 왔다. 이번에도 특별전형 케이스였다. 재형이가 곧 5학년으로 월반하지 않는다면 기회도 못 얻을 뻔했다는 생각에 절로 안도의 한숨이 나왔다.

재형이는 네 번째 카이스트 재입학 시험을 차분하게 치른 후 교실을 나왔다.

카이스트 글로벌 영재 교육원은 경쟁률이 무척 세다. 입학 전문 학원이 따로 있을 정도다. 2009년의 경우 경쟁이 26:1이나 되었다고 한다. 재형이가 좁디좁은 바늘구멍을 두고 그야말로 실력이 쟁쟁한 아이들과 겨룬 것이다.

"재형이는 이곳 영재 교육원에서 지속적으로 이끌어 가고 싶은 아이입니다."

여덟 살 때부터 재형이를 담당해 준 선임 연구원의 말에 나와 아내는 너무나 행복했다.

그런데 며칠 후 평소 재형이를 아끼던 선생님으로부터 전화가 왔다. 목소리가 조금 떨리고 있었다.

"재형이 아버님, 정말 안타까운 소식을 전해 드리게 됐습니다."

나는 가슴이 쿵 내려앉았다. 담당선생님과 연구원이 모두 바뀌면서 무슨 이유에서인지 특별전형이 없어졌다는 것이다. 정말이지 마른하늘에 날벼락이었다.

'아이가 3년 동안 카이스트 수업을 들으면서 겨우 답답함을 풀어 가고 있던 참인데!'

나와 아내는 이루 말할 수 없이 가슴이 아팠다. 하지만 가장 실망한 사람은 재형이였다. 그러나 어쩌겠는가? 우리는 현실을 받아들이기로 했다.

우리 부부는 아이들이 어릴 때부터 책을 대중없이 자유롭게 보게 했다. '몇 살이니까 그 나이에 맞는 책을 보아야 한다.' 가 아니고 자기가 보고 싶으면 아무것이나 맘껏 자유롭게 보도록 유도했다. 진짜 읽었는지 안 읽었는지 억지로 확인하려고 한 적도 없다. 그동안 재형이는 참 많은 책을 읽었다.

《기초양자역학》, 《기하학원론》, 《프린키피아》, 《해석학개론》, 《인체해부학》, 수학자 이야기, 과학자 이야기, 《코스모스》, 아프리카수학, 디스커버리, 철학, 심리학, 유전자, 세계사, 《앗 시리즈》, 《암호의 해석》……

그런가 하면 창작 그림책도 좋아했고, 특히 문자에 관한 책에는 아주 강한 호기심을 가졌다. 소설책도 좋아하며 판타지도 많이 보는 편이다. 요즘에는 전문 서적을 보고 싶어 한다. 연령과 분야를 떠나 너무 많은 책을 읽어서 그런지 재형이는 하루가 다르게 변화해 갔다. 수의 원리를 조금씩 알게 되고, 과학의 신비로움에도 눈을 떴다. 세계의 불가사의에 대해서 왜 그런지 나름대로 해석하기도 했다. 그러다 보니 알고자 하는 욕구와 더불어 생각하는 힘과 원리에 대한 끝없는 탐구심까지 점점 커져 갔다.

그 과정 속에서 아이가 내게 설명해 주려고 하면 잘 몰라도 '그런 걸 알아내서 대단하다'며 열심히 들어 주려고 애썼다. 재형이는 새로운 걸 알아내는 것을 점점 더 좋아하고, 알아낸 걸 다시 부모에게 설명해 주는 것을 즐거워했다. 책을 통해 본 지식이 쌓이고 쌓여서 자기 것이 되는 것 같았다.

아내와 나는 학습 부분에 대해선 사실 잘 도와주지 못한다. 하지만 재형이와 지연이가 대전에서 생활하면서 꼭 지키도록 하는 것이 있다. 그건 바로 일기 쓰기다. 한 줄을 쓰건 두 줄을 쓰건, 그림으로 그리든 어떤 식으로든 자기가 하고 싶은 대로 일기를 기록하도록 한다.

2008년 1월 5일 화요일
주제: 우리 누나의 일기
우리 누나는 일기장에 별별 거를 다 그려 놓고 적는다.
오늘은 만화를 그렸다.

그리고 진짜 일기는 어린이회관에 간 것이다.

그 유치한 것이 많은 어린이 회관!

하지만 재미있는 것도 많긴 많다. It's funny!

2009년 8월 30일

Theme : Knowing(movie)

I saw a movie. Title is 'Knowing.'

It was sad, because 선택받은 아이들만 다른 행성으로 가서 행복하게 살고, 다른 사람들은 태양의 열기 때문에 죽는다. ㅜㅜ I'm sad!!!

재형이 같은 경우엔 일기를 씀으로 해서 영어 어휘에 많은 도움이 되었다. 처음엔 아는 단어만 중간 중간 끼워 넣는 식으로 쓰다가 조금씩 정말 조금씩 발전을 해서 지금은 짧지만 모두 영작을 한다. 문법적으로 맞는지 틀린지 우리 부부는 잘 알지 못한다.

하지만 아이는 틀리든 맞든 스스로를 대견해하고 영어에 대한 자신감만은 어느 누구 못지않다. 아이마다 생김새가 틀리듯 어떠한 학습도 자기한테 맞는 시기가 있는 듯하다.

지연이의 경우 영어를 처음 접한 때가 4학년 무렵이다. 처음엔 재형이에게 열등감을 느끼고 아예 '난 못해!' 하더니 어느 순간 마음을 다잡고 2주만에 파닉스를 스스로 다 떼었다. 그 뒤 갑자기 탄력이 붙어 지금은 방과후 영어 수업에서 제일 잘한다는 평가를 받고 있다.

어떤 학습이든 아이에게 맞는 시기가 있고, 그 시기를 잘 이용하면 단시간에 몇 년 동안 억지로 가르친 것보다 훨씬 좋은 성과를 낼 수 있으리라 생각된다. 나는 지연이를 보면서 하기 싫다는 공부를 하라고 하면 오히려 역효과만 날 뿐이라는 것을 알았다. 아이가 공부할 마음이 들 때까지 인내심을 가지고 지켜봐 주고 기다려 주는 게 가장 효과적인 교육 방법인 것 같다. 그래도 아이가 원하지 않는다면 어쩔 수 없다. 내 경험상 공부는 강요한다고 되는 것이 아니기 때문이다. 이때는 아이의 장점을 파악해 다른 재능을 키워 주는 것이 훨씬 현명한 일 같다.

제목: 만년필

나는 만년필을 가지고 싶다. 엄마가 사 준다고 해서 기쁘지만 ♡

영재고를 들어가면 사 준다고 한다. 휴~ 기쁨보다 걱정이 앞선다.

어떻게 공부해서 들어가지?

아, 💡 아빠한테 몰래 사 달라고 할까? ♡ 그렇지만 아빠도 쉽게 허락하지 않

을 텐데….

제발 허락해 주세요~. ㅠxㅠ 하느님, 부처님, 알라신님, 천지신명님 네 분이서

잘 상의하셔서 제발……

(   )

2 월 28 일 일 요일	날씨 ≡ ~~⬛⬛⬛⬛~~ 바람 많이 붐,
제목 = 만년필	
나는 만년필을 가지고 싶다. 엄마가 사준다고 해서 기쁘지만 ♡	
영재고를 들어가면 사준다고 한다. 휴~ 기쁨보다 걱정이 앞선다.	
어떻게 공부해서 들어가지? 아! 💡 아빠한테 몰래 사 달라고	
할까? ♡ 그렇지만 아빠도 쉽게 허락하시진 않을 텐데…ㅠㅠ	
제발 허락해 주세요~ ㅠㅠ 하느님, 부처님, 알라신 님, 천지신명님 네 분이서	
잘 상의하셔서 제발…	

아이들을 위한
세 가지 원칙

01 부모의 권위를 가진다

부모가 아이에게 쩔쩔매면 안 된다. 어리다고 책임감 없는 태도, 특별대우(영재
나 수재라는 이유로)를 해서는 안 된다. 아이 스스로 기본을 갖출 수 있도록 생활
습관을 바로 잡아 주는 일이 중요하다. 태도가 나쁜 아이가 공부를 잘한다고 잘
못된 행동까지 눈감아 주어서는 안 된다. 삶에는 공부보다 더 중요한 것이 많기
때문이다.

02 충분히 사랑을 느끼게 한다

나는, 아이에게 사랑한다는 말을 자주 해 준다. 포옹도 자주 하고 칭찬도 아낌없
이 한다. 아주 작은 걸 해 냈어도 좀 과장된 태도로 칭찬을 할 때가 있다. 네 곁
에는 언제나 너를 믿어 주고 지지해 주는 엄마, 아빠가 있다는 걸 아이가 충분히
느낄 수 있도록 한다.

03 발품을 많이 판다

아이 교육에 관한 정보를 수집하는 데 게으르지 않으려고 한다. 특히 언제나 올
바른 정보에 목마름을 느낀다. 워낙 교육에 관한 이상한 정보가 난무하다 보니
그 속에서 중심을 잡는 일도 매우 중요하다. 아이 성향과 상관없이 남들이 좋다

고 하니 그 방법을 적용하려고 한다거나 무조건 모방하는 걸 경계한다. 전문가의 의견을 경청하고 아이 교육에 관한 책도 열심히 읽는다. 교육 관련 세미나에도 적극 찾아가고 모르는 것이 있으면 훌륭한 부모들, 교육 관련 일을 하는 분들, 육아에 관해 전문 지식을 갖춘 분들을 찾아가 조언과 도움을 구한다.